반인반귀 귀협의 탄생

牛人牛鬼 반인반귀
귀협의 탄생

목차

비구니 혼자 사는 암자에 도망자가 숨어들면 … 07

살아있는 사람을 제물로 바치는 마을 … 30

편복 요괴와 신녀 … 55

검의 옷의 요괴와 골수 … 76

밤마다 사라지는 여자들 … 99

가짜 영혼 … 121

사람 호수와 이무기 … 143

여자들만 사는 섬 … 170

Preview 퇴마사 안드레아

그것의 정체 … 203

죽어야 나갈 수 있는 집 … 228

작가의 말 … 249

비구니 혼자 사는 암자에 도망자가 숨어들면

겨울 찬바람이 가시지 않은 3월의 깊은 밤, 지친 발소리가 산속 암자 마당에 불길한 숨결을 불어 넣었다. 도를 닦으며 홀로 암자를 지키던 소현 스님은 낯선 발소리에 미동도 없었다. 어둠 속 그림자는 마당을 가로질러 대범하게 소현 스님의 거처로 향했다. 그림자의 주인공은 건장한 남자였다. 삐그덕, 남자가 주저 없이 방문을 열자 어두웠던 방에 달빛이 스며들고 바람이 몰아쳤다. 소현 스님은 눈을 감은 채 방 한가운데에 가부좌를 틀고 앉아 있었다.

"뉘신데 이 깊은 밤에 예까지 오셨습니까?"

문 앞에 버티고 선 남자는 대답 대신 날카로운 눈을 번뜩였다.

'뭐야, 여자잖아?'

남자의 거칠고 예의 없는 목소리에도 소현 스님은 동요가 없었다.

"내 사정이 있으니 며칠 여기서 지내야겠소!"

남자는 본인의 집이라도 되는 양 당당하게 말하고 불쑥 방안으로 들어왔다. 내려다보는 남자의 시선을 느낀 소현 스님은 지그시 눈을 떴다. 그리고 그를 향해 얼굴을 들어 올리며 묘한 미소를 지었다.

"부처님이 말씀하신 연이라는 게 참으로 얄궂습니다. 도를 닦기 위해 산속 암자까지 왔거늘, 여길 찾아오시다니요. 아무튼 예까지 오셨으니 옆 사랑방에 묵도록 하십시오."

소현 스님의 말이 심히 마음에 안 든 남자는 이마의 흉터를 실룩거리며 말했다.

"부처의 연? 웃기고 있네. 내가 내 발로 찾아온 걸 갖고 뭔 헛소리야?"

"과연 그럴까요? 부처님의 뜻은 인간이 다 헤아릴 수 없는 법, 그러지 않고서야 우리가 이렇게…"

그녀는 하던 말을 뚝 끊고 입을 다물었다.

"따박따박 말대답하는 걸 보니 당신은 내가 안 무서운가 보군. 훗."

"무섭다라…. 그건 잃을 게 있는 이들이 느끼는 거겠지요. 저처럼 그저 부처님의 뜻을 따르는 사람은 두려울 것이 없습니다."

"흥, 말장난 좋아하는 비구니구만. 쓸데없는 소리 집어치우고.

자, 여기 방값이오!"

남자는 소현 스님 앞에 돈 꾸러미를 툭 던졌다.

"이런 건 필요 없습니다."

"허튼소리, 입 다물라고 주는 돈이니 받아 둬! 혹시라도 내가 여기 있는 거 발설하면 알지?"

그는 허리에 찬 검을 손가락으로 툭툭 친 후 사랑방으로 건너갔다.

'부처님, 어찌 저에게 성불할 기회를 안 주십니까? 이 또한 제가 인내해야 할 시련입니까? 나무아미타불 관세음보살…'

소현 스님은 밤이 깊도록 잠들지 못했다.

●

새벽 동이 떠오르자 밤새 한숨도 못 잔 소현 스님은 새벽기도를 위해 암자를 나섰다. 손님이 왔다고 기도를 소홀히 할 수는 없는 법, 그녀는 암자에서 멀지 않은 곳에 위치한 작은 동굴로 향했다. 동굴 안에는 그녀가 직접 깎아 만든 목각 불상이 놓여 있었다. 불상 앞에 촛불을 밝히고 기도를 올린 그녀는 굳은 얼굴로 동굴을 나왔다. 어느새 날이 밝자 새벽이슬을 맞은 풀내음과 새소리가 온 세상을 채웠다. 암자로 돌아오니 간밤의 손님은 여전히 자고 있었다. 그녀는 정성스레 쌀을 씻어 밥을 지은 후 아침 공양을 했다. 그리고 손님이 묵는 사랑방 문을 두드렸다.

"손님, 식사하시지요."

몇 번을 두드린 후에야 남자는 부스스한 얼굴로 문을 열었다. 어젯밤 촛불 아래서 본 것보다 훨씬 덩치가 크고 우락부락하게 생긴 사내였다. 희번덕거리는 남자의 눈이 그녀에게 꽂히는데도 소현 스님은 태연했다.

"툇마루에 아침을 차려 놓았습니다."

"밥? 돈을 줬더니 알아서 잘도 하는구만."

남자는 툇마루에 차려진 밥상을 끌어당겼다. 하지만 숟가락을 들던 그의 인상이 금세 일그러졌다.

"이게 뭐야? 순 풀떼기 반찬에 달랑 보리밥뿐이잖아? 지금 나더러 이걸 먹으라는 거야?"

남자는 숟가락을 탁하고 내려놓았다.

"산중이라 그것뿐입니다."

남자는 입을 실룩거리며 밥상을 쏘아보다 다시 숟가락을 들었다.

"에이, 이걸 밥이라고."

투정하면서도 남자는 배가 고픈지 허겁지겁 밥을 먹었다. 굶은 지 며칠은 된 사람 같았다.

"그런데 손님은 어쩌다 예까지 오셨습니까?"

눈 깜짝할 새 식사를 마친 남자에게 소현 스님이 숭늉을 건네며 물었다.

"스님이 그런 걸 알아서 뭐 합니까? 스님은 도나 잘 닦으쇼. 난 때가 되면 제 발로 나갈 테니까. 대신 내가 여기 있는 동안 귀찮게만 하지 마쇼."

남자는 단숨에 숭늉을 들이켜고는 사랑방으로 들어갔다.

●

며칠을 꼼짝도 않고 암자에 머물며 차려주는 밥만 먹고 잠만 자던 남자가 좀이 쑤시는지 산으로 향했다. 그는 산을 돌아다니며 앞으로의 계획에 대해 생각했다.

'그 어미와 아들 녀석까지 싹 다 죽여 버렸으니 관아에서 눈에 불을 켜고 나 허정균을 찾고 있겠지. 잠잠해질 때까지 일단 여기에 머무는 수밖에 없겠어. 이번에 잡히면 평생 감옥에서 썩어야 하니 힘들어도 참아야지.'

나름 마음의 정리를 한 허정균은 바위에 걸터앉아 멍하니 하늘을 바라보았다. 그렇게 한 시간 가까이 앉아 있었을까, 풀숲에서 부스럭거리는 소리가 들렸다.

"뭐지?"

그러잖아도 아무 일도 일어나지 않는 산속 생활이 지루하던 참이었다. 그는 숨을 죽인 채 뚫어지게 풀숲을 응시했다. 잠시 후 새하얀 귀를 쫑긋거리며 토실토실한 토끼가 튀어나왔다.

"어, 토끼다!"

풀숲을 뛰어다니는 토끼를 보자 그의 살생 욕구가 용솟음쳤다.

"그래, 여기 머무는 동안 산짐승을 잡으면 되겠구나. 그러잖아도 비구니가 풀떼기만 차려줘서 영 입맛이 떨어지던 참인데 잘 됐군. 잘 됐어."

그 길로 암자로 돌아간 허정균은 활과 화살, 덫을 만들기 시작했다. 그는 현란한 손재주로 불과 하루 만에 뚝딱 도구를 만들었다. 이를 본 소현 스님은 소스라치게 놀랐다.

"이게 다 무엇입니까? 살생 도구 아닙니까?"

소현 스님의 목소리가 가늘게 떨렸다. 허정균은 별 일 아니라는 듯 피식 코웃음을 쳤다.

"놀라긴? 뭐 대단한 거라고, 훗. 근데 스님 이제 보니까 꽤 미인이시네? 피부도 백옥같이 곱고, 산속에서 썩기는 아까운 인물이야. 정말 그래."

허정균은 가사를 입은 소현 스님을 위아래로 스윽 훑었다. 그녀는 그의 시선을 무시하고 단호히 말했다.

"살생은 절대 안 됩니다. 더구나 손님은 이제까지도 수없이 살생을….”

말을 멈춘 소현 스님의 입이 바르르 떨렸다.

"뭐? 당신이 나에 대해 뭘 안다고 그래? 내가 이런 데 숨어있으니까 살인자라도 된다는 거야?"

여기는 도를 닦는 곳이니 살생은 용납할 수 없습니다.

"허 참, 누가 여기에서 죽인답니까? 산에서 다 처리하고 가져올 테니 걱정 마쇼. 이 암자에는 피 한 방울 안 묻힐 테니까."

막무가내인 그를 보며 소현 스님은 땅이 꺼질 듯 한숨을 내쉬었다. 완력으로 상대가 되지 않는 그에게 그녀가 할 수 있는 일은 없었다.

●

다음 날 아침부터 허정균은 하루종일 산을 헤집고 다니며 사냥을 했다. 그의 사냥 실력은 날로 일취월장해 토끼와 노루 등 다양한 산짐승이 암자 처마 밑에 매달렸다. 물론 잡은 사냥감을 계곡에서 깨끗이 손질한 후 가져왔으니 그의 말대로 암자에 피를 묻힌 건 아니었다. 저녁이면 그는 암자 마당에 불을 지펴 고기를 구워 먹었다.

"캬아, 맛 좋다. 이게 얼마 만에 먹는 고기냐?"

암자 주변은 하루도 빠짐없이 고기 냄새와 연기로 자욱했다. 소현 스님은 차가운 시선으로 바라볼 뿐 그를 제지하지 않았다.

"부처님의 제자라는 스님도 목숨이 아깝긴 한가 보네. 내가 무슨 짓을 해도 찍소리 못하는 걸 보니, 크하하. 하긴, 사람이 눈치가 없으면 제명에 못 죽는 법이지."

어느 날부터인가 허정균은 잡은 산짐승을 산 아랫마을로 가져가 팔기까지 했다. 그리고 고기 판 돈으로 술을 잔뜩 사서 암자로 돌아왔다. 그런 날이면 어김없이 암자 마당에 술판이 벌어졌다. 보다 못한 소현 스님은 동굴로 자리를 옮겨 불공을 드렸다.

"부처님, 저 악한 인간을 정말 용서해야 합니까? 저 자는 자신의 죄가 얼마나 큰지 모릅니다. 이렇게 끊임없이 살생을 일삼으니 어찌해야 합니까? 제발 답을 주십시오."

소현 스님은 밤새 불공을 드리고 새벽이 되기 전 암자로 돌아와 잠깐 눈을 붙이는 생활을 이어갔다. 그러던 어느 날 새벽, 까무룩 잠이 든 소현 스님의 귀에 방 앞을 서성이는 남자의 기척이 느껴졌다.

"하아, 가련한 중생이 악행을 멈추기는커녕 더 큰 악행을 쌓으려 하는구나."

소현 스님은 부르르 몸을 떨었다.

●

한편, 밤늦도록 술을 마시던 허정균은 자꾸 소현 스님의 방에 들어가고 싶어졌다.

"저나 나나 팔팔한 남녀인데 이렇게 따로 지내는 게 말이 돼? 하아, 그런데 비구니는 재수가 없다던데."

며칠을 갈등하던 그는 결국 제 욕심을 차리기로 결심했다.

"평생 불한당으로 살아온 난데 그런 게 뭐 대수라고! 나 허정균, 하고 싶은 대로 살면 그만이지, 으하하."

다음 날 새벽, 결국 허정균은 소현 스님의 방으로 향했다. 조심스레 자신의 방을 나와 곧장 옆방으로 간 그는 창호지를 바른 문에 귀를 대고 기척을 살폈다. 불공 소리도 기도 소리도 들리지 않고 나지막이 오르내리는 여인의 숨소리만 들려왔다. 그는 꼴깍 침을 삼키며 생각했다.

'혹시 알아? 스님도 날 기다리고 있을지, 크흐흐.'

그는 엉큼한 생각을 하며 살며시 문고리를 당겼다.

"어, 이거 왜 이래?"

문이 꼼짝도 안 했다.

"이런 여우 같은 것이 문을 잠갔구만."

화가 난 정균은 거칠게 문을 흔들었다.

"이걸 확 뜯어버려?"

문과 씨름하는 사이, 아침이 밝아왔다. 암자 마당에 강렬한 빛이 들어오고 새가 날아들자 그는 그만 김이 샜다.

"좋아, 오늘 밤에 보자고!"

그는 굳게 입을 다물고 제 방으로 들어가 자버렸다.

●

또다시 술과 고기로 배를 채운 정균은 새벽이 되기만을 기다렸다. 술에 곯아떨어져 까무룩 잠들었던 그는 새벽녘 잠에서 깼다. 그는 자리에서 벌떡 일어나 성큼성큼 소현 스님의 방으로 갔다. 방문을 당기자 이번엔 덜컹 소리를 내며 방문이 열렸다.

"스님도 절 기다리셨죠?"

들뜬 마음으로 내뱉었지만, 방안은 텅 빈 상태였다.

"뭐야 이거? 날 갖고 논 거야?"

그는 농락당한 기분이 들어 아무도 없는 방에 대고 눈을 부라렸다. 그의 안광은 마치 들짐승의 눈처럼 번뜩였다. 밖으로 나와 벌컥벌컥 물을 들이켠 그는 흥분을 가라앉히고 생각했다.

"아하, 우리 소현 스님이 동굴에서 날 기다리는 모양이구나!"

그의 입가에 야비한 미소가 피어올랐다. 그리고는 다급히 신을 꿰어 신고 동굴로 향했다. 그의 머릿속에는 소현 스님의 아름다운 얼굴만 가득했다.

●

소현 스님은 동굴 안 불상 앞에 촛불을 켜놓고 불공을 드리는 중이었다.

"부처님, 이제 어찌하면 좋습니까? 이마저도 제가 견뎌야 합니까? 그것만이 자타불이와 진정한 용서를 깨닫는 길입니까?"

그리 깊지 않은 동굴이라 불공을 드리는 그녀의 귀에 새벽이슬을 밟으며 숲을 달려오는 허정균의 발소리가 들려왔다.

"이것이 진정 부처님의 뜻이란 말입니까?"

그녀는 두려움보다 의구심에 차 스스로에게 자문했다.

"결국 부처님 뜻을 받아들이고 그 안에서 길을 찾아야 하는 것인가? 성불에 이르는 길이 진정 이것뿐이란 말인가? 후후."

소현 스님의 입에서 오묘한 웃음이 새어 나왔다. 모든 것을 내려놓은 듯한 웃음이었다. 어느새 허정균이 숨을 헐떡이며 동굴 안으로 들어오자 그의 기척에 불상 앞 촛불이 흔들렸다.

"우리 아름다운 소현 스님, 여기 계셨군요."

허정균의 그림자가 촛불에 비쳐 거대하게 일렁였다. 동굴 벽에 비친 그의 그림자가 춤을 추듯 소현 스님에게 다가왔다. 미동도 없이 가부좌를 튼 소현 스님 위로 거대한 그림자가 쏟아져 내렸다.

두 사람은 아침 해가 온전히 떠올랐을 무렵 동굴에서 나왔다. 허정균은 쉴 새 없이 웃음을 흘렸고 소현 스님은 담담한 표정이었다.

'이마저 부처님이 정한 연이라면 따를 수밖에…그래야 영겁의 번뇌에서 벗어날 수 있다면…'

고뇌에 빠진 소현 스님과 달리 허정균의 입에선 웃음이 떠나지 않았다.

"어떻습니까? 속세의 즐거움을 맛본 기분이?"

소현 스님은 말없이 고개를 떨구었다. 허정균은 그마저도 좋아 죽겠다는 듯 껄껄 웃어댔다.

"하하, 말 안 해도 알겠소. 앞으론 되도 않는 불공 그만두고 나랑 재밌게 삽시다. 살아봤자 얼마나 산다고 그 고생을 합니까?"

내내 땅만 바라보며 걷던 소현 스님이 나직이 내뱉었다.

"부처님 뜻을 저버릴 수는 없지요. 설령 부처님이 절 버린다고 해도…."

"알고 보니 귀여운 여인이로구만!"

암자로 돌아온 소현 스님은 방으로 들어가 깊은 명상에 잠겼다. 허정균은 사랑방에 들어가 잠에 빠졌다. 한 시간 남짓 지난 뒤 방을 나온 소현 스님이 허정균을 불렀다.

"잠깐 나오시지요."

"뭐요?"

피곤한 기색이 역력한 허정균은 하품을 하며 방에서 나왔다. 그가 마당에 내려서자마자 소현 스님이 그를 향해 절을 했다.

"아니, 이게 무슨?"

허정균은 화들짝 놀란 눈으로 그녀를 보았다.

"저는 이제 여염집 아낙으로 살기로 했습니다. 그 속에서 도를 찾겠습니다."

"호오, 정말인가?"

허정균의 얼굴에 화색이 돌았다.

"하하, 좋구나, 좋아. 으하하하!"

살인을 하고 산속으로 도망친 신세인데 이렇게 아리따운 여인을 부인으로 맞이하다니. 졸지에 소현 스님이 기거하던 암자는 그들의 살림집이 되고 말았다.

소현 스님은 속세에 있을 때의 이름을 다시 쓰기 시작했다. 그녀의 이름은 홍련, 허정균은 홍련을 부인으로 맞고 조금씩 달라지는 듯했다. 아침이면 제법 성실히 사냥을 나갔고 그렇게 번 돈은 모두 홍련에게 가져다주었다.

"나는 도통 재물 모으는 재주가 없으니 당신이 맡아 관리하구려."

홍련은 그의 변화에 희망을 느꼈다.

'이 사람이 바뀌어서 자신의 업보를 깨닫기만 한다면…'

하지만 건실하게 바뀌는 것 같던 정균은 한 달도 안 돼 본색을 드러내기 시작했다. 술을 마시면 주정을 하기 일쑤였고 사냥감을 팔러 마을에 내려가면 며칠씩 안 돌아오기도 했다. 그런 와중에 이듬해 봄, 홍련은 사내아이를 낳았다.

"날 쏙 빼닮았구만, 으하하하!"

허정균은 오랜만에 흥에 겨웠다.

"그리 좋으십니까?"

"그럼, 기쁘다 뿐인가? 세상을 다 가진 것 같지, 하하."

허정균은 자신을 꼭 닮은 아들을 유난히 예뻐했다. 하지만 그를 바라보는 홍련의 얼굴에는 싸늘한 냉기가 스쳤다. 아들에게 정신이 팔린 허정균은 그녀의 눈빛을 눈치채지 못했다.

●

아들이 태어난 후 이상하게도 허정균은 악몽을 꾸기 시작했다.

"으아아악!"

산속 암자에 들어오기 직전 자신이 죽였던 사람들이 꿈에서 쫓아오는 꿈이었다.

"내가 왜 이러지? 기력이 약해졌나?"

평생 꾼 적 없는 악몽에 시달리다니, 기세 좋기로 소문난 그로서는 납득이 되지 않았다. 그 모습을 지켜보던 홍련은 허정균에게 넌지시 꿈 내용을 물었다.

"이걸 말해도 될라나? 꿈 얘기를 하자면 내 과거를 먼저 얘기해야 하는데."

"대체 어떤 과거이길래 그러십니까?"

"그게 말이야, 아주 끔찍하고 잔혹한 과거란 말이지."

"걱정 말고 얘기해 보세요. 난 상관없으니까."

허정균도 털어놓고 싶어 입이 근질거리던 참이었다.

"그럼 내 얘기 하리다."

허정균은 홍련에게 자신의 과거를 털어놓기 시작했다.

10년 전, 허정균은 관아에 소속된 무관이었다. 어린 시절부터 무예에 관심이 많았던 그는 열심히 검을 갈고 닦았지만 타고난 성정이 포악해 써먹지를 못했다. 그러던 차에 한양에서 벼슬을 하던 죽마고우 무천이 그를 추천해 주어 드디어 그도 말단무관직을 얻었다. 그리고 얼마 후 친구 무천은 조정의 권력다툼에 밀려 고향마을로 낙향을 했다.

"나야 끈 떨어진 신세지만 그래도 자네가 나라의 녹을 먹으니 기쁘네."

무천은 의리 있고 사려 깊은 친구였다.

"별말을, 자네도 언제든 다시 기회를 봐서 넓은 세상으로 나가야지. 하하."

그때만 해도 허정균의 앞날은 밝아 보였다. 워낙 무예가 뛰어났기에 무관으로 승승장구하리라 기대했다. 하지만 역시나 그의 거친 성격이 문제였다. 전장에 나가 공을 세우고 돌아온 그는 술을 잔뜩 먹고 상관에게 검을 들이대는 사고를 쳤고 결국 그 일로 무관직에서 쫓겨났다.

'그동안 내가 세운 공이 얼만데!'

부득부득 이를 갈던 허정균은 분에 못 이겨 행패를 부리고 다니다 마을 불한당패에 들어갔다. 산적 떼나 마찬가지인 불한당 패거리는 갖은 악행을 일삼으며 살인도 서슴지 않았다. 그들과 한패가 된 허정균 또한 악행의 선두에 섰다. 사람들의 재물을 빼앗고 돈이 되는 일이면 무슨 일이든 서슴지 않는 살귀, 그것이 그의 본모습이었다. 하지만 패거리에 대한 체포령이 내려지면서 허정균은 도망자 신세가 되었다. 그가 관아의 눈을 피해 숨어다니던 그때, 친구 무천이 손을 내밀었다.

"걱정 말고 우리 집에 숨어 지내게. 이곳은 인적도 드물고 마침 마누라와 아들 녀석도 처가에 가 있으니 지내는 데 불편함이 없을 거네."

허정균은 무천의 도움으로 관군의 눈을 피할 수 있었다. 그렇게 친구의 집에 의탁해 지내던 어느 날, 무천이 닭을 사 오겠다며 장에 나간 사이 관군이 들이닥쳤다.

"이런, 무천이 날 배신했구나."

허정균은 겨우 관군을 피해 도망쳤고, 밤이 되어 다시 무천의 집으로 돌아왔다.

"감히 네가 날 밀고해? 가만두지 않겠다."

허정균은 분노로 눈을 번뜩이며 무천의 집 방문을 벌컥 열었다.

"아니, 자네 괜찮나? 장에 다녀와 보니 집이 엉망이 되어 있어서 걱정했네. 관군이 들이닥친 것 같던데 무사해서 정말 다행이구만."

허정균은 아무 말도 없이 무천을 노려봤다.

"자네가 밀고한 거 아닌가?"

"밀고라니? 무슨 소린가? 내가 그럴 리가 없지 않은가?"

"그 말, 믿어도 되나?"

"그렇다니까 그러네. 자, 괜한 오해 말고 낮에 사 온 닭으로 술이나 한잔하세. 내 어찌나 놀랐던지 여태 밥도 못 먹었네."

잠시 후 무천은 술상을 차려왔다. 허정균은 경계를 늦추지 않고 무천을 지켜봤지만 별다른 낌새가 없었다. 결국 두 사람은 닭을 안주 삼아 늦도록 술잔을 기울이다 잠들었다. 아침이 밝을 무렵 허정균은 문밖의 발소리에 잠이 깼다.

"오늘은 꼭 제때와야 할 텐데 어제는 하필 내가 없을 때 와서…."

'아니, 이게 무슨 소리야?'

허정균은 옆에 있던 검을 들고 밖을 살폈다. 무천이 초조한 기색으로 마당을 서성이고 있었다.

'저 녀석이!'

허정균은 순식간에 방을 튀어나가 무천을 향해 검을 내려쳤다.

"자네 왜 나를…."

"네가 날 밀고한 게 맞구나! 밤새 술을 먹여 놓고 또 관군을 부르다니!"

무천은 바닥에 쓰러진 채 멀리서 걸어오는 여자와 아이를 가리켰다. 무천의 부인과 아들이었다.

"어제 부인이 집에 왔다가 집안이 엉망인 걸 보고 다시 처가로 돌아갔다고 해서…."

무천은 더 말을 잇지 못하고 눈을 감았다.

"뭐? 자네가 기다리던 사람이 부인과 아들이었단 말인가?"

그제야 허정균은 자신의 실수를 깨달았다.

"이런!"

허정균은 절망감에 눈이 완전히 돌았다. 이대로 두면 무천을 살해한 죄까지 더해질 것이었다.

"증인을 없애야 해!"

허정균은 결국 집 마당에 들어선 무천의 부인과 아들마저 무참히 베어버렸다.

●

"그리고 도망쳐 온 곳이 이 암자였지. 뭐, 이것도 다 부처님 뜻이고 그것들 팔자 아니겠나? 크크. 내 검에 죽었으니 고통은 없었을 게야. 내 검 실력이 보통이 아니거든."

허정균의 말이 끝나자 홍련은 하염없이 눈물을 흘렸다. 눈물의 의미를 모르는 허정균은 헤벌쭉 웃으며 그녀를 바라보았다. 그 순간 홍련의 얼굴에 자신이 죽인 무천의 부인 얼굴이 겹쳐졌다.

'저게 뭐야?'

죽은 친구 부인의 얼굴이 홍련에게서 보이자 허정균은 화들짝 놀라 방을 뛰쳐나왔다. 이후에도 홍련을 볼 때마다 그녀의 얼굴이 겹쳐졌다.

'나한테 뭐가 씌었나?'

아무래도 의심이 든 허정균은 마을에서 부적 하나를 사왔다.

'죽은 무천의 부인이 귀신이 되어 홍련에게 씐 걸 수도 있어. 나한테 복수를 하기 위해서 말이야. 그렇다면 나도 가만있을 수 없지. 부적으로 상대하던가 그도 아니면 다시 검을 쓸 수밖에.'

•

얼마 후 허정균이 집에 들어서는데 홍련이 마당 한가운데 우두커니 서 있었다. 멍하니 하늘을 올려다보던 홍련이 그를 향해 돌아선 순간, 그녀의 얼굴이 무천 부인의 얼굴로 보였다. 이제까지처럼 겹쳐 보이는 정도가 아니라 완벽히 무천 부인이었다.

"오호, 이제야 본색을 드러내는군!"

허정균은 재빨리 검을 빼 들었다.

"그 검 거두십시오. 당신을 용서하고 영겁의 세월을 부처님 곁에서 평화롭게 보내고자 이제껏 참고 견디었습니다. 저의 기도와 노력을 헛되게 하지 말아주십시오."

"헛, 그게 무슨 소리야?"

허정균의 눈은 의구심으로 가득했다.

"이런 깊은 산중에 비구니 혼자 지낸다는 게 이상하지 않으셨습니까? 비록 전 구천을 떠도는 몸이나 부처님의 뜻을 따르는 수도자이기도 합니다. 그러니 검을 거두시고 이제라도 저와 함께 부처님의 뜻을 따르시지요."

"뭐, 뭐야? 그럼 넌 귀신이란 말이야?"

눈이 휘둥그레진 허정균은 잽싸게 부적을 꺼내 홍련을 향해 던졌다. 그리고 바람을 가르듯 한 검에 부적과 그녀를 배어버렸다.

"커어억!"

홍련은 풀썩 바닥에 쓰러져 한 줌 연기가 되어 사라졌다.

'지난 3년간 내가 귀신과 살았다니…'

허정균은 반쯤 정신이 나간 상태로 짐을 꾸리기 시작했다. 암자에 더는 남아있을 수 없었다. 귀중품을 챙겨 암자를 떠나려는데 방에서 아들의 울음소리가 들렸다.

"귀신과 사람 사이에서 태어났으면 귀신이야, 사람이야?"

허정균은 잠시 고민을 하다 아들을 버리고 암자를 나섰다. 하지만 자신을 쏙 빼닮은 아들 귀협을 차마 내칠 수가 없었다.

"날 닮았으니 내 자식이지. 일단 데려간 다음에 생각하자."

허정균은 사람인지 귀신인지 모를 아기를 안고 산을 내려왔다.

●

허정균은 멀리 떨어진 바닷가 마을에서 새로운 인생을 시작했다. 그의 아들 귀협은 자랄수록 허정균을 닮아갔고 검 실력 또한 빼어났다. 허정균은 그런 귀협에게 열심히 무예를 가르쳤다. 그 와중에 그는 새 부인을 얻어 아들을 여럿 두었다.

"여보, 아무래도 난 귀협 저 아이를 보면 섬뜩해요. 지난밤엔 눈에서 붉은빛이 나는 걸 봤다고요. 아주 기분 나쁜 애야."

새 부인은 귀협을 못마땅하게 여겼지만, 허정균은 갈수록 귀협을 아꼈다.

"무슨 소리? 당신이 잘못 봤겠지. 쓸데없는 소리 말고 잘 돌봐. 날 닮아서 검 실력이 보통이 아니니 나중에 분명 높은 자리에 오를 거야, 하하."

세월이 흘러 귀협이 열다섯이 되던 해, 외출했다 집에 돌아온 허정균은 화들짝 놀랐다.

"이게 다 무슨 일이야?"

그가 외출한 사이 새 부인과 아이들이 모두 죽어 있었다. 시신이 뒹구는 마당 한가운데 우뚝 선 귀협의 손에 피가 뚝뚝 흐르는 허정균의 검이 들려 있었다.

"설마 협이 네가 이런 거냐? 너 무슨 짓을 한 거야?"

허정균을 바라보는 귀협의 눈에서 붉은빛이 용솟음쳤다.

"내 얼굴, 기억 안 나?"

서서히 다가오는 귀협의 얼굴에 문득 친구 무천의 어린 아들이 겹쳐졌다.

"너, 넌…!"

잠시 후 허정균의 외마디 비명이 마당을 갈랐다. 평생 악행을 일삼던 그의 몸은 귀협의 검에 의해 산산이 잘려 나갔다. 귀신과 사람 사이에 태어난 반인반귀 귀협은 모든 걸 끝내고 집을 나섰다.

"자, 이제 진짜 내 삶을 살아볼까?"

새로운 길을 떠나는 귀협을 향해 하늘 멀리서 무천과 홍련이 손짓을 하고 있다.

살아있는 사람을
제물로 바치는 마을 /

 붉게 물들어가던 해가 등 뒤로 완전히 넘어가 세상 만물이 제빛을 잃을 무렵 귀협은 산으로 둘러싸인 낯선 마을에 들어섰다.
 "청사골이라?"
 마을 입구에 우뚝 서 있는 오래된 표지석을 보고 걸음을 멈춘 귀협은 청사골의 기운을 살폈다. 산으로 둘러싸인 분지답게 양한 기운이 마을 안쪽에 가득했으나 이상하게도 근원을 알 수 없는 음한 기운이 그것을 몰아내는 형국이었다. 고개를 갸웃하며 마을을 바라보던 귀협은 하루종일 걸어 고단해진 두 다리를 편히 쉬게 해줄 주막을 찾아 나섰다.

"하, 이 마을에는 주막이 없는 것인가?"

아무리 찾아도 주막은 보이지 않았다. 그만큼 청사골이 외지인이나 다른 마을과 교류가 없다는 뜻이기도 했다. 마을을 들고 나는 외부 손님이 없으니 주막이 생길 일도 없었을 것이다. 귀협은 난감했다. 날 좋고 달 밝은 밤이면 가끔 이슬을 맞으며 밖에서 잠을 청하기도 했지만 오늘 밤은 날도 춥고 하늘까지 흐려 금세라도 눈이 쏟아질 것만 같았다. 귀협은 잠시 고민하다 눈에 띄는 가장 가까운 초가집으로 무작정 들어갔다. 대문도 없이 싸릿대로 담장을 대신한 초라한 집이었다.

"저, 밤늦게 죄송합니다. 지나가는 길손인데 묵을 곳이 없어서… 헛간이라도 좋으니 하룻밤만 유할 수 있을런지요?"

몇 번을 물어도 대답이 없어 귀협이 막 다른 집을 찾아보려는 순간 초가집 방 안에서 인기척이 났다. 다시 발을 돌린 귀협은 초가집 마당으로 슬쩍 들어갔다.

"뉘신지요?"

방문을 열고 좁다란 툇마루로 나온 사람은 앳된 얼굴의 여인이었다. 무명으로 만든 소박한 옷이긴 하나 단정한 차림이었고 머리는 곱게 땋아 뒤로 늘어뜨렸다. 얼굴은 햇볕에 많이 그을린 태가 났지만, 이목구비가 뚜렷하고 특히 눈이 크고 맑았다. 하지만 그 큰 눈 속에 슬픔이 숨겨져 있다는 걸 귀협은 금세 알아차렸다.

'뭔가 사연이 있는 듯한 눈이구나.'

귀협은 속생각과는 달리 차분하고 예의 있는 목소리로 말했다.

"저는 산천을 떠도는 무사인데 오늘 밤 묵을 곳이 없어 이렇게 헤매고 있습니다. 하룻밤 재워 주시면 섭섭지 않게 사례를 할 테니 부탁드립니다."

귀협은 정중하게 고개를 숙였다.

"사정이 딱하시군요. 혼자 사는 집에 낯 모르는 사람을 들이는 것이 옳은 일인지는 모르겠으나 야박하게 내치는 것도 사람 도리가 아닌 듯하니 제 오라비가 쓰던 방을 내어 드리지요."

자신을 초월이라고 밝힌 여인은 외지에서 온 무사임에도 크게 경계하지 않고 귀협을 집안으로 들였다. 구들장과 벽까지 모두 황토로 만들어진 작은 토방에 들어서자 그녀의 오라버니가 쓰던 물건들이 방 곳곳에 남아있었다.

'흠, 가난하긴 해도 책을 좋아하는 사람인가 보군.'

값나갈 물건은 보이지 않았지만, 천장에 닿을 듯 높이 쌓인 서책이 귀협의 눈길을 사로잡았다. 귀협이 책더미에서 서책 하나를 집어 들어 훑어보는데 초월이 소반을 들고 방으로 들어왔다. 소반 위에는 찐 감자와 옥수수가 올려져 있었다.

"워낙 없는 집이라 대접할 게 이것뿐입니다."

"아, 아닙니다. 배고프던 차에 잘됐습니다."

귀협은 넙죽 상을 받아 게 눈 감추듯 감자와 옥수수를 먹어 치웠다. 허겁지겁 먹는 모습이 우스웠는지 초월이 배시시 웃음을 흘리며 그를 지켜봤다.

"그런데 방에 서책이 많네요. 오라버니께서 글 읽기를 무척 좋아하시나 봅니다."

배를 채운 귀협은 그제야 궁금했던 것을 물었다.

"네, 마을에 서당을 차려 아이들을 가르치는 게 오라버니의 오랜 꿈이었지요. 그런데 그 소박한 꿈을 이루지도 못하고 작년 이맘때 죽었습니다. 오라버니가 죽은 덕분에 전, 비록 감자나 옥수수라도 풍족히 먹을 수 있게 되었지만요. 이 마을에는 이것조차 못 먹는 사람들이 많으니까요."

"그러시군요. 근데 이상하네요? 오는 길에 잠깐 본 바로는 마을에 기름진 논밭이 꽤 많은 것 같던데…"

귀협의 말에 초월의 목소리가 자신도 모르게 위로 올라갔다.

"논밭이 많은 들 무슨 소용입니까? 부자들 몇이 독점하고 있는데."

"아, 그렇군요."

귀협은 더 묻고 싶었지만, 꼬치꼬치 캐묻는 것 같아 입을 닫았다. 그러다 문득 그녀가 조금 전에 했던 말이 떠올랐다.

'오라버니가 죽은 덕분에 풍족하게 먹는다고?'

귀협이 생각에 잠긴 사이 초월은 깨끗하게 비운 소반을 들고 방을 나가버렸다.

●

다음 날 귀협은 초월에게 후하게 사례를 하고 새벽같이 초가집을 나왔다. 혹시라도 마을 사람들의 오해를 사 초월에게 피해를 주지 않을까 걱정돼 일찍 길을 나선 것이다. 귀협이 청사골을 가로지르는 황톳길 위에 섰을 때 서서히 아침 해가 떠오르고 마을의 전경이 눈에 들어왔다.

"지금은 겨울이라 논밭을 다 갈아엎었지만, 너른 땅을 가득 메운 검붉은 흙을 보니 엊저녁에 본 것보다 더 비옥한 땅이구나. 그런데 대체 어떤 자들이 이 땅을 독점했단 말이지?"

귀협이 여기저기를 돌아다니며 마을의 상황을 살피고 있는데 갑자기 몽둥이를 든 사내 셋이 귀협에게 다가왔다. 셋 다 기골이 장대하고 힘 꽤나 쓸 법한 장정들이었다.

"어디서 온 자인데 허락도 없이 우리 마을을 염탐하느냐?"

셋 중에 가장 나이가 들어 보이는 남자가 귀협 앞에 버티고 서서 소리쳤다.

"아, 오해 마십시오. 염탐이 아니라 그저 마을 구경을 하고 있었습니다. 팔도를 돌아다니며 유람을 하는 것이 제 일이니까요."

"흥, 유람을 한다는 자가 허리에 검은 왜 차고 있지? 여러 말 할 것 없고 당장 우리와 같이 촌장 어른을 찾아뵙고 네 정체를 소상히 고하도록 해라."

귀협을 에워싼 사내들은 당장이라도 달려들어 공격할 기세였다. 뛰어난 검술을 자랑하는 귀협에게 그들은 상대도 되지 않겠지만 마을 사정이 몹시 궁금했던 귀협은 순순히 그들을 따라갔다.

●

귀협은 마을의 가장 큰 기와집 마당에 무릎이 꿇려졌다. 귀협을 끌고 간 사내가 상황을 고하자 잠시 후 키가 자그마한 노인이 대청마루로 나와 매서운 눈으로 귀협을 훑어봤다. 마을의 촌장, 고 대감이었다.

"너는 어디서 온 누구냐?"

"저는 강원도에서 온 귀협이라 합니다. 전국을 유랑하는 떠돌이 무사로 이 근방을 지나다 잠시 마을을 둘러본 것뿐이니 너그러이 이해해 주시지요."

"그래? 좋다. 우리 마을에는 얼마나 머물 생각이냐?"

"엿새나 이레쯤…."

귀협의 말에 고 대감의 눈살이 찌푸려지는 듯싶더니 체념한 듯

툭 말을 뱉었다.

"모레부터 3일간 마을 축제가 있을 것이니 원하면 구경을 해도 좋다. 단, 불손한 행동을 하거나 사고를 치면 당장 쫓아낼 터이니 그리 알거라. 얘들아, 저 자에게 사랑방을 내주어라. 오랜만에 우리 마을을 찾아온 손님이니 잘 대접해 보내야 하지 않겠느냐?"

"감사합니다. 어르신."

귀협은 고 대감의 넓은 아량에 감복했다는 듯 머리를 조아리며 감사를 표했다.

●

방 하나를 공짜로 얻고 조반까지 얻어먹은 귀협은 다시 마을로 나갔다. 오후가 되자 사람들의 움직임이 부쩍 바빠졌다. 한쪽에서는 축제에 쓸 등롱을 운반하고 다른 한쪽에서는 축제 때 입을 의복을 만드느라 부산했다. 오전과 다르게 마을에 활기가 넘쳤고 고소한 기름 냄새도 온 마을에 진동했다.

"제법 성대한 축제가 열리는 모양이네? 아직 이틀이나 남았는데 벌써부터 맛있는 냄새가 진동하고 마을 전체가 축제 준비로 분주한 걸 보니."

여기저기를 기웃거리며 구경을 하던 귀협의 눈에 어젯밤 그를 받아주었던 초월이 들어왔다. 초월은 동네 아낙들 틈에 끼어 축제 때 입을 의복을 만들고 있었다. 다른 아낙들은 한데 모여 수다도 떨고 웃기도 하는데 그녀는 다른 이들과 섞이지 않고 조용히 앉아 바느질에 전념하고 있었다.

"아, 여기 계셨군요."

귀협이 아는 척을 하자 그녀는 살짝 고개만 까딱하고는 손에 든 옷감으로 눈을 돌렸다. 귀협은 겸연쩍은 얼굴로 마을 아낙들이 옷 짓는 광경을 스윽 훑어보았다.

'어, 이상하다?'

처음에는 몰랐는데 가만히 살펴보니 그녀들이 짓고 있는 옷은 넉넉한 크기의 도포들로 모두 남성용뿐이었다. 궁금해진 귀협은 얼굴이 유독 긴 한 아낙에게 슬쩍 물어보았다.

"축제는 남자들만 하는 것입니까?"

"당연하지요. 용신께 바쳐야 하니까요."

"용신께 바친다고요?"

귀협이 재차 묻자 아낙은 힐끗 그를 올려다보더니 귀찮은 투로 빠르게 말을 뱉었다.

"우리 용신님은 갓 스물이 된 남자만 제물로 받으십니다."

'뭐? 사람을 제물로 바친다고?'

귀협은 그제야 마을에 어린 음기의 정체를 어렴풋이 알 수 있었다.

'용신이라고? 내가 알기로 용은 신묘한 동물인데 사람을 제물로 받는다니, 믿을 수 없군.'

귀협은 이 마을에 뭔가 비밀이 숨겨져 있음을 깨닫고 그것을 자신이 밝혀내야겠다고 결심했다.

●

축제일이 되자 마을은 아침부터 떠들썩했다. 스물이 된 아들을 둔 부모들이야 속이 타겠지만 그렇지 않은 마을 사람들에게는 그저 즐거운 축제였다. 평소엔 구경도 못 했던 기름진 음식을 원 없이 먹고 신명 나는 장단에 맞춰 춤도 추고 청년들의 싸움 구경도 실컷 하는 날이기 때문이었다. 귀협이 귀동냥으로 얻은 정보에 의하면 축제의 가장 핵심은 갓 스물을 맞은 남자들의 격투였다. 젊은 이들은 둘씩 짝을 지어 맨손 싸움을 벌이는데 승자는 이마에 파란 점을 붙이고 술과 안주가 가득 쌓인 자리로 가서 남은 축제를 편히 즐기고 패자는 이마에 붉은 점을 붙인 채 다음 싸움을 준비한다. 각 조의 패자들은 다시 싸움을 벌이고 거기서 승리한 자는 역시 이마에 파란 점을 붙이고 술상을 받는다. 하지만 패자는 또다시 다른 패자와 싸움을 해야 하고 끝까지 남은 최종 패자가 용신에게 제물로 바쳐지는 것이다.

말석에 앉은 귀협은 염려스러운 눈초리로 경기에 출전한 젊은이들을 지켜봤다. 그들의 부모와 가족, 친지들은 목이 터져라 응원을 하는 반면 가장 상석에 자리 잡은 촌장 고 대감과 마을 원로 셋은 느긋한 얼굴로 술잔을 부딪치며 젊은이들의 목숨을 건 싸움을 즐겼다.

'뭔가 한참 잘못되었어.'

귀협은 점점 과열돼 가는 싸움을 지켜보며 견딜 수 없는 괴로움과 고통을 느꼈다. 싸움에 임하는 젊은이들의 눈빛이 너무나 처절하고 서글펐기 때문이었다.

'저들 모두 한 마을에서 나고 자라 스무 해 가까이 친구로 지냈을 텐데 이제 서로를 짓밟아야 살 수 있는 상황이 돼 버렸구나.'

마음이 몹시 답답해진 귀협은 슬쩍 눈을 돌려 초월을 찾았다. 마침 초월은 그와 멀지 않은 곳에 서서 아직 눈이 녹지 않은 마을 뒤쪽 산을 바라보고 있었다.

"초월 낭자, 용신이 그렇게 무서운 존재인가요?"

귀협이 다짜고짜 다가가 묻자 초월은 놀란 듯 눈을 동그랗게 뜨더니 다시 마을 뒤쪽 산으로 눈을 돌려 원망 가득한 투로 답했다.

"제 오라비를 잡아갔으니 적어도 제게는 너무도 두려운 존재지요."

"무섭고 두렵기만 한 건 아닐 텐데요?"

귀협은 초월의 눈을 지그시 바라보았다. 그녀의 눈 깊은 곳에 슬픔인지 분노인지 모를 것이 거친 파도처럼 일렁이고 있었다.

"인간이 어찌할 도리가 없으니 그저 두려워할 수밖에요. 그것이 오라버니의 운명이었겠지요."

그녀의 눈에서 주르륵 눈물이 흘러내렸다. 귀협은 미안했지만 용신에 대해 더 알아야 했기에 질문을 계속했다.

"그럼 초월 낭자의 오라버니는 작년 축제에서 최종 패자가 되어 용신에게 바쳐진 건가요?"

초월은 무겁게 고개를 끄덕였다.

"매년 이런 일이 벌어진다면 바로잡아야 하지 않을까요?"

그녀는 체념한 듯 쓴웃음을 지었다.

"무사님이 모르고 하시는 말씀입니다. 용신은 그 누구도 이길 수 없습니다. 마을 사람 모두가 힘을 합쳐도 말이지요."

"정말 그럴까요?"

귀협은 돌아섰다. 그리고 이제 막 마지막 패자들의 싸움이 시작된 경기장으로 천천히 걸어갔다.

●

귀협이 자신의 자리로 돌아왔을 때 마지막 겨루기가 끝이 났다. 계속된 싸움으로 경기는 너무도 싱겁게 끝이 났고 드디어 마지막 패자가 나온 것이다. 용신의 재물로 최종 선정된 춘돌은 하루종일

싸워 부어터진 얼굴로 바닥에 털썩 주저앉았다. 아들을 바라보며 흐느껴 우는 춘돌 노모의 모습도 귀협의 눈에 들어왔다. 반면 마을 촌장인 고 대감과 원로들은 흡족한 얼굴로 춘돌에게 다가갔다.

"춘돌아, 너무 슬퍼 말거라. 비록 오늘 싸움에서는 졌지만 너는 마을의 영웅이다. 네 덕분에 우리 마을은 올 한 해도 평화롭게 넘길 것이다. 그러니 눈물을 거둬라."

춘돌은 모든 것을 포기한 듯 허망한 눈으로 차마 다가오지 못하고 먼발치에서 흐느껴 우는 노모의 얼굴을 쳐다봤다. 그때 귀협이 성큼 그들에게 다가갔다.

"나도 올해 스물인데 저 춘돌이란 자와 싸움을 하게 해주시오."

귀협이 나서자 촌장 고 대감이 눈살을 찌푸렸다.

"이미 끝난 경기다. 더구나 자넨 외지인 아닌가? 더 이상 참견 말라."

"에이, 그래도 축제인데 이렇게 싱겁게 끝나면 재미가 없지 않습니까? 어차피 내가 이길 것 같은데 나도 몸을 풀 기회를 주시지요. 하하."

귀협은 어깨를 들썩거리며 과장된 웃음을 지어 보였다. 그러자 춘돌의 노모가 촌장에게 달려와 무릎을 꿇었다.

"촌장 어르신, 제발 허락해 주십시오. 어차피 스무 살이 된 청년을 용신께 바치기만 하면 되는 것 아닙니까? 그러니 저 사람의 청을 들어주시지요."

혹시라도 아들 춘돌이 귀협에게 이겨 목숨을 건질 수 있지 않을까 하는 노모의 애달픈 간청이었다. 그 마음을 잘 아는 마을 사람들도 우르르 촌장에게 몰려왔다.

"한 번 더 기회를 줍시다!"

"외지인이 저리 나서는데 마다할 게 없지 않습니까?"

마을 사람들이 몰려와 무릎을 꿇고 애원하자 고 대감도 어쩔 수 없는 듯 그들의 청을 들어주었다.

"외지인은 들어라. 결과에 승복하지 않을 시 바로 죽음이다. 알겠느냐?"

귀협은 슬쩍 미소를 짓고는 춘돌과의 싸움을 준비했다.

●

사실 춘돌의 싸움 실력은 형편없었다. 전국 곳곳을 돌며 검을 수련하고 몸을 단련한 귀협에게 애당초 상대가 되지 않았다. 하지만 어찌 된 일인지 그 약한 춘돌에게 귀협은 맥을 못 추고 밀리고 있었다. 사실 귀협이 일부러 맞아주는 것이었지만 내막을 모르는 마을 사람들과 춘돌의 노모는 목청이 터져라 춘돌을 응원했고 그 소리가 귀협의 고막을 자극했다.

'내게도 날 저토록 아끼는 부모가 있었다면….'

멍한 눈으로 하늘을 바라보던 귀협은 날아오는 춘돌의 주먹을 얼굴에 정통으로 맞고 바닥에 푹 쓰러졌다.

"춘돌 승!"

심판의 고함소리가 울려 퍼지자 마을 사람들은 와아 하고 일제히 환호성을 질렀다. 이제야 진정한 축제를 맞은 듯했다.

●

최종 패자가 된 귀협은 축제를 위해 세워진 큰 천막에서 마지막 밤을 보냈다. 마지막이라 그런지 술과 음식이 쉴 새 없이 들어왔다. 귀협은 별 동요 없이 술과 안주를 맛있게 먹었다.

"지금 그게 넘어가십니까?"

누군가 불쑥 천막 안으로 들어와 쳐다보니 초월이었다.

"하하, 아직 산목숨이니 먹어야지요."

"무사님이 일부러 져준 것이지요?"

초월은 무언가 눈치챈 듯했다.

"아닙니다. 생각보다 춘돌이가 너무 강해서, 하하."

"다른 사람은 몰라도 제 눈은 못 속입니다. 아까 무사님은 패배한 사람의 눈빛이 아니었습니다. 전 오라비를 그렇게 잃어봐서 잘

압니다."

"흐음…."

"지금이라도 도망치십시오. 그게 살 방도입니다."

초월은 진심인 듯했다.

"내가 도망가면 춘돌이가 잡혀갈 것 아닙니까?"

"그렇긴 하지만…."

초월은 말문이 막혔는지 빤히 귀협을 바라보았다.

"걱정 마세요. 내가 전국 팔도를 돌아다니며 하는 일이 이런 것이니까, 하하."

초월은 깊은 한숨을 내쉰 뒤 귀협에게 술 한 잔을 따라주고 일어섰다. 아마도 그녀는 귀협을 보는 게 이번이 마지막이라고 생각하는 듯싶었다. 초월이 처연한 눈빛을 남기고 천막을 나서려는 데 귀협이 그녀를 불러 세웠다.

"청이 하나 있는데 들어줄 수 있어요?"

초월은 의아한 눈으로 얼큰하게 풀어진 귀협의 눈을 들여다보았다.

●

다음 날 새벽 귀협은 동이 트기도 전에 마을 사람들이 준비한

꽃가마에 올랐다.

'하, 무사 체면에 꽃가마라니. 난감하군.'

가마꾼들이 용신이 산다는 마을 뒤쪽 용칠산을 바삐 오르는데 산 중턱쯤에서 귀협이 가마를 세우더니 귀찮다는 듯 내려버렸다. 마을 사람들이 산 정상까지 데려다주겠다고 했지만 극구 손사래를 친 귀협은 혼자 올라갈 테니 걱정하지 말라며 씩씩하게 정상으로 향했다.

"하, 이 화려한 옷은 또 뭐야? 용신한테 장가가는 새신랑 꼴이라니."

귀협은 마을 사람들이 입혀준 치렁치렁한 옷이 영 거추장스러워 투덜거리며 산을 올랐다. 가마를 지고 왔던 사람들은 혹시라도 귀협이 산 아래로 도망칠까 염려해 해가 지도록 산 중턱 길목을 지키고 섰다.

●

해 질 무렵 귀협은 산 정상에 다다랐다. 어느새 붉은 노을이 귀협의 얼굴을 붉게 물들이고 있었다.

"아, 저기가 용신의 거처구나."

귀협은 땅 밑으로 비스듬히 연결된 동굴을 찾아냈다.

"분명 용의 거처는 아니야. 그보단 이무기. 아니지, 이무기는 찬 강물에 사는데? 그렇다면 이 마을을 지배하는 요물은 무엇이지?"

귀협은 동굴 가까이 다가가 크게 소리쳤다.

"새신랑이 왔으니 용신은 나오시오!"

그의 말이 끝나자마자 동굴이 구르르 흔들리더니 잔뜩 치장한 여인 하나가 귀협 앞에 나타났다. 그녀는 용무늬를 수놓은 비단옷을 걸치고 있었다.

'역시 이무기도 용도 아니야. 요기가 흐르는 걸 보니….'

"그런데 새신랑이 왜 가마를 안 타고 혼자 왔지?"

한껏 들뜬 얼굴로 나왔던 용신은 의심의 눈초리로 귀협을 뜯어봤다.

"하하, 그렇게 됐습니다. 용신께 바쳐지는 몸인데 가마가 가당키나 합니까? 그건 그렇고 이렇게 직접 용신을 뵈니 그 자태가 참으로 아름답습니다."

"호오, 꽤나 담력이 좋은 녀석이구나. 내가 그리도 아름다우면 내 손에 찢겨 죽어도 행복하겠구나."

용신은 한껏 기분이 좋은지 저도 모르게 혀를 날름거렸다. 귀협의 눈이 그것을 놓칠 리 없었다.

'아하, 천년 묵은 뱀이 용신의 흉내를 내고 있었구나. 피부색을 감추고 있지만 분명 파란 뱀이다. 천년 묵은 청사!'

"나 또한 죽는 게 두렵지만 아름다운 용신님께 목숨을 바치는 것이니 기꺼이 받아들이겠습니다. 다만 너무 고통스럽지 않게 해주십시오. 앞으로 1년간 우리 마을을 잘 지켜주시고."

귀협은 일부러 슬픈 표정을 지어 보였다.

"귀여운 녀석 같으니. 걱정 마라. 당장 죽이진 않을 테니. 적어도 3일간은 내 곁에 둘 것이야."

"감사합니다."

귀협은 고개를 조아리며 그녀의 비위를 맞췄지만 사실 천년 묵은 뱀의 속셈을 다 알고 있었다.

'매일 밤 내 젊은 기운을 빼 가려는 속셈이군. 내 기가 다 빠지면 그때 날 통째로 삼킬 것이고.'

일단 귀협은 천년 묵은 청사의 뜻을 따를 것처럼 행동했다. 청사를 따라 동굴로 들어간 귀협은 예상외로 호사스러운 내부에 깜짝 놀랐다. 청사를 따르는 조무래기 요괴 넷이 그녀를 보필했고 온갖 과일과 음식이 넘쳐났다.

"너도 좀 먹거라."

청사는 단이 높은 곳의 큼지막한 의자에 앉아 포도를 뜯어 먹으며 아래쪽에 있는 귀협에게 말했다. 귀협은 청사가 제공하는 음식을 걸신들린 듯 먹어 치웠다.

"청사골에서는 통 못 먹은 모양이구나. 저토록 정신을 못 차리고 먹는 걸 보면."

"그렇습니다. 고기는 고사하고 쌀밥을 구경하기도 힘들었지요. 저 같이 재물을 바친 집이나 겨우 감자와 옥수수를 먹을 수 있습니다."

귀협의 말에 청사는 절레절레 고개를 내저었다.

"마을의 곡식과 과일을 모두 내게 바치는 대가로 매년 촌장과 원로들에게 그 많은 금덩이를 내려줬거늘 그것들이 다 가로챈 모양이구나. 후후, 아무튼 그건 내가 알 바 아니지."

청사는 귀협을 향해 사악한 미소를 흘렸다.

"그런데 이제 보니 너는 묘한 매력이 있구나. 사람이면서도 우리와 같은 기운이 흐르는 듯한데…"

"무슨 말씀인지, 전 그저 대대로 농사를 지은 소작농의 아들일 뿐입니다."

귀협은 시치미를 딱 떼고 일부러 어리숙한 표정을 지었다.

●

밤이 오자 천년 묵은 청사가 자신의 방으로 귀협을 불렀다.

"어서 가시지요. 용신께서 기다리고 계십니다."

청사의 부하인 원숭이 요괴가 촐랑거리는 목소리로 귀협을 재촉했다.

"하, 이거 어쩌나? 내가 속이 울렁거려서 바깥바람을 좀 쐬고 싶은데. 이대로 용신님 방에 들었다가 실례라도 하면 큰일 아니오?"

원숭이 요괴는 고개를 까딱까딱하고는 다른 동료 요괴 셋과 함께 귀협을 동굴 밖으로 데리고 나갔다.

"하, 시원하다. 역시 동굴은 요괴들이나 살 곳이지, 하하."

귀협이 태연하게 기지개를 켜며 요괴 운운하자 함께 나온 요괴들의 눈이 붉게 변했다.

"어차피 죽을 녀석이라 웬만하면 대우를 해주려고 했더니 이거 안 되겠구만!"

귀협의 정체를 모르는 요괴들이 귀협을 에워쌌다.

"왜? 한 대 치기라도 하시게?"

귀협의 말에 요괴들은 동시에 귀협에게 달려들었다. 순간 귀협은 눈 깜짝할 새 허공으로 몸을 솟구쳐 두 다리로 요괴 넷의 머리통을 차례로 갈겼다.

"끄어억!"

도력이 약한 조무래기 요괴들은 바닥에 쓰러져 정신을 잃었고 그 틈에 귀협은 지난 밤 초월에게 미리 부탁해 놓은 검을 찾으러 계곡 쪽으로 내려갔다.

"아, 저기 있다! 노송 아래!"

그는 지난밤 초월과 약속했던 노송 아래 덤불을 파헤쳐 검을 챙긴 후 다시 산 정상에 올라왔다. 산 정상 동굴 앞에는 이제 막 정신을 차린 요괴들이 귀협을 쫓으려고 일어서던 참이었다.

"이 녀석, 제 발로 다시 돌아왔구나!"

요괴들은 붉은 눈을 번뜩이며 귀협에게 달려들었지만, 귀협의 검이 순식간에 그들의 팔다리를 떼어 버렸고 조무래기들은 바로 재로 변해 바람에 흩어졌다.

"이제 천년 묵은 청사 차례다!"

요괴들을 처리한 귀협이 동굴로 들어가려는데 시끄러운 소리를 들은 청사가 밖으로 나왔다.

"내 이상하다 생각했다. 사람도 아닌 것이 귀신도 아닌 것이, 내 반인반귀는 처음이지만 분명 내 몸에 좋은 음식이 될 듯하구나. 어서 오너라."

청사는 아름다운 여인의 자태에서 본래의 파란 비늘을 가진 뱀으로 돌아왔다.

"하, 크기가 엄청나구나!"

청사의 몸통은 수백 년 된 고목과 맞먹을 정도로 두터웠고 길이는 끝이 없었다. 청사는 그 거대한 몸뚱이로 단숨에 귀협에게 날아와 거침없이 그의 몸을 휘감았다.

"흐어어억!"

귀협은 손쓸 틈도 없이 청사에게 사로잡히고 말았다. 온몸을 휘

감은 청사가 무시무시한 뱀 머리를 귀협의 얼굴 앞에 바짝 들이댔다.

"왠지 너를 먹으면 이무기가, 아니지. 진짜 용이 될지도 모르겠구나!"

"헛소리!"

귀협이 코웃음을 치자 화가 난 청사는 귀협의 몸을 더욱 압박했다.

"이러다 뼈마디가 전부 부러지겠어."

귀협은 몸을 움직일 수도 검을 휘두를 수도 없었다.

"으, 분하다. 이렇게 끝나는 것인가?"

귀협의 몸에서 뚝뚝 뼈 부러지는 소리가 들렸고 그의 의식은 점점 희미해져 갔다. 귀협이 완전히 의식을 내려놓으려는 순간 어디선가 사람들의 함성 소리가 들렸다. 그 소리에 퍼뜩 정신을 차린 귀협이 눈동자를 돌려 숲 아래쪽을 바라보니 횃불을 든 한 무리의 사람들이 올라오고 있었다. 수는 많지 않았지만 살기가 대단했다.

"우리 아들 잡아먹은 용신을 잡으러 왔다!"

"사악한 용신을 응징하자!"

곡괭이, 삽, 삼지창 등을 양손에 쥔 그들은 용신에게 아들을 빼앗긴 부모와 가족들이었고 그들의 중심에는 초월이 서 있었다.

"아니, 저런 어리석은 인간들을 봤나!"

뜻밖의 상황에 당황한 청사가 방심한 틈을 타 귀협은 몸을 비틀어 청사의 몸뚱이에서 빠져나왔다.

"여러분, 이 요물은 용이 아닙니다. 그저 천년 묵은 뱀일 뿐이니 두려워할 필요 없습니다."

사람들에게 크게 외친 귀협은 천년 묵은 청사를 향해 검을 들었다.

"각오해라!"

귀협이 청사에게 달려들어 격전을 벌이자 초월을 비롯한 마을 사람들은 우르르 우르르 몰려다니며 청사의 꼬리를 집중 공격했다. 청사의 두터운 꼬리에 채여 나가떨어지면서도 그들은 자식을 잃은 분노로 악착같이 청사의 꼬리를 물고 늘어졌다. 그 덕분에 귀협은 청사의 약점인 목을 노릴 수 있었다.

"이야아앗!"

청사가 꼬리에 신경을 쓰는 사이 귀협은 재빨리 청사의 머리로 뛰어올라 거침없이 그것의 목을 잘라버렸다.

"크어어억!"

청사는 몸부림치며 바닥에 떨어졌고 귀협의 검이 한 번 더 청사의 몸통을 꿰뚫자 더 이상 힘을 못 쓰고 검은 연기가 되어 사라져버렸다.

●

 청사를 물리친 귀협과 마을 사람들은 동굴에 쌓여 있던 금은보화를 챙겨 산 아래로 내려왔다. 마을 입구에서 귀협은 걱정스러운 듯 초월에게 말했다.

 "제가 이런 말 할 입장은 못 되지만 그 금은보화는 청사에게 가족을 잃은 사람들과 열심히 일한 마을 사람들의 것입니다. 그러니 절대 촌장과 원로들에게 빼앗기지 않았으면 합니다."

 "당연하지요. 이 금은보화로 우리의 땅을 되찾고 선조들이 그랬듯 열심히 일하며 다 함께 그 풍요를 누릴 것입니다. 그런데…"

 초월은 더 할 얘기가 있는 듯 망설였다.

 "그런데 뭐요?"

 "혹시 무사님 갈 곳이 마땅치 않으시면 우리 마을에…"

 초월의 얼굴이 발갛게 달아올랐다. 귀협은 빙그레 미소를 지으며 말했다.

 "지금은 세상 공부 중이라 길을 떠나야 하니 나중에 연이 닿으면 또 보겠지요. 그럼 저는 이만."

 귀협은 초월과 마을 사람들을 뒤로하고 밤길을 나섰다. 초월과 마을 사람들이 며칠 더 묵고 가라고 만류했지만 귀협은 더 이상 청사골에 머물 이유가 없었다. 밤길을 걷다 보니 청사에게 당한 몸

곳곳의 뼈들이 아우성을 쳤다.

"흐으읍!"

귀협은 기를 끌어모아 몸 곳곳에 보냈고 부러지거나 상한 뼈들은 금세 원상태로 돌아왔다.

"인간이면서 귀신이고 귀신이면서 인간인 존재이기에 회복이 빠르구나, 하하."

웃고 있지만 왠지 모를 슬픔이 어린 귀협의 눈이 며칠째 흐리기만 하다 이제야 눈발을 날리는 먼 하늘을 응시하고 있었다.

편복 요괴와
신녀 /

해가 뉘엿뉘엿 산 너머로 넘어가는 시각, 귀협은 한눈에도 부자마을로 보이는 유곡리에 들어섰다. 마을 중앙을 흐르는 강과 그 강을 중심으로 펼쳐진 논과 밭에는 벼와 각종 작물이 무럭무럭 자라고 있었다.

"아직까지는 마을 전체에 악한 기운이 보이지 않는구나."

귀협은 평화로워 보이는 유곡리에 들어서며 오랜만에 느긋한 마음으로 해질녘의 아름다운 풍경을 감상했다. 하지만 그 평화로움은 그리 오래가지 못했다. 어디선가 귀를 찌르는 카랑카랑한 여인의 목소리가 들려왔기 때문이다.

"지금 당장 그것을 몰아내지 못하면 마을 전체가 화를 입을 것이오!"

멀리서 듣는데도 그 목소리는 귀협의 귀에까지 정확히 전달되었다. 귀협은 잽싸게 소리가 나는 쪽으로 달려갔다.

"하, 무슨 죄를 지었길래 사람을 저리도 험히 다룬단 말인가?"

귀협은 손과 발이 꽁꽁 묶인 채 마을 장정들에게 끌려가는 한 처자를 보며 중얼거렸다. 그 처참한 몰골의 처자는 유곡리의 신녀 요진이었다. 그녀는 끌려가는 와중에도 마을 사람들을 향해 필사적으로 외쳤다.

"지금이 마지막 기회입니다. 이미 여러분은…."

말을 끝맺기도 전에 어디선가 돌멩이 하나가 그녀의 이마로 날아왔고 그와 동시에 장정들의 몽둥이가 춤을 추었다. 요진은 더 말을 잇지 못하고 실신한 채 귀협의 시야에서 사라졌다.

"저 여인은 대체 무슨 연유로 저리도 처참히 끌려가는 겁니까?"

귀협은 옆에 서 있던 마르고 창백한 얼굴의 남자에게 슬쩍 물어 보았다.

"저 사람은 우리 유곡리의 신녀인데 쓸데없는 말을 입에 담아 저렇게 모진 고초를 겪는 것이라오."

"쓸데없는 말이요?"

귀협이 바짝 다가서며 다시 질문을 하자 마른 남자는 한 발 뒤로 물러나며 귀협을 위아래로 살폈다.

"보아하니 떠돌이 무사 같은데 괜히 남의 일에 간섭 말고 가던 길이나 가시오. 까딱하다간 저 신녀처럼 촌장 어른의 노여움을 사 화를 입을 수도 있으니."

"아, 네. 새겨듣겠습니다."

귀협은 남자의 눈을 힐끗 쳐다보며 대답했다.

'신녀의 말을 불신하는 촌장이라… 아무래도 촌장을 만나봐야겠구나.'

●

사람들이 모두 흩어진 후 귀협은 홀로 강가에 서서 노을에 붉게 물들어 가는 물결을 한참이나 바라보다가 다시 마을 쪽으로 발길을 돌렸다. 유곡리의 가옥들은 북쪽의 유곡산 아래에 모여 있었는데 대략 오십여 가구 정도 되어 보였다. 가옥의 형태는 지금껏 귀협이 지나쳐온 다른 마을들과 달리 모두 번듯한 기와집뿐이었고 크기도 널찍한 것이 귀협 같은 나그네가 보아도 부촌임을 알 수 있었다. 귀협은 곧바로 촌장 이로의 집으로 향했다. 그의 집은 마을 집 중 유곡산에 가장 근접해 있었다.

"계십니까? 지나가는 나그네인데 하룻밤 유하게 해주십시오."

귀협이 여러 번 외치자 안에서 구시렁거리는 소리가 들리고 대문이 열렸다.

-삐그덕

"아니, 당신은…."

귀협은 문지기를 보고 놀랐다. 저녁 무렵에 귀협에게 쓸데없는 참견은 하지 않는 게 좋을 거라고 말한 그 마른 남자였다.

"허허, 떠돌이 무사님이 기세 좋게 우리 촌장댁에 오셨군. 어쨌든 잘 오셨소. 여기는 방도 많고 먹을 것도 넉넉하니 들어오시오."

문지기 길섭은 아까와는 다르게 흔쾌히 귀협을 받아들였다.

"저… 촌장 어르신한테 허락을 받아야 하지 않습니까?"

"아아, 괜히 일 귀찮게 만들지 말고 그냥 조용히 사랑방에 머물다 내일 날 밝는 대로 떠나시오. 우리 촌장님은 그렇게 한가한 분이 아니니까."

"아, 그렇군요. 알겠습니다. 그런데 이 마을 사람들은 왜 하나같이 말랐습니까? 꽤 부유한 마을 같아 보이는데…."

귀협은 신녀가 끌려갈 때 모였던 사람들의 면면을 떠올리며 물었다.

"거참, 내가 아까 말했지 않습니까? 마을 일에는 간섭 말라고!"

문지기 길섭은 눈을 부라렸다.

"하하, 제가 궁금한 건 못 참는 성격이라 말 못 할 사정이 있는 게 아니라면 알려주시지요."

"허허, 사람 참. 그걸 내가 어찌 알겠소? 사람들이 원체 부지런해서 그런 거겠지. 별게 다 궁금한 양반이구만. 어서 가서 잠이나 주무시오."

"아… 네… 그런데 남은 밥이 있으면 좀…."

문지기는 절레절레 고개를 내젓고는 자리를 떴다.

●

사랑방으로 들어온 귀협은 문지기의 지시로 다른 하인이 가져다준 밥상을 받으며 생각에 잠겼다.

'흐음, 예상대로 밥도 푸짐하고 음식도 기름지구나. 나그네에게 주는 밥과 찬이 이 정도면 마을 사람들도 기름진 음식을 먹는다는 건데… 참으로 이상하구나. 아무리 부지런해도 마을 사람 모두가 그렇게 말랐다니….'

귀협은 깨끗이 비운 밥상을 물리고 마당으로 나가 촌장이 머무는 안채 근처를 기웃거렸다. 하지만 촌장은 이미 잠자리에 들었는지 좀처럼 얼굴을 보이지 않았다. 촌장을 만날 명분을 찾지 못한 귀협은 다시 사랑방으로 돌아왔다.

"하아, 나도 잠이나 자자. 오랜만에 깨끗한 방에서 편히 쉬겠구나."

귀협은 이불 위에 벌러덩 누웠다. 피곤했는지 금세 잠이 몰려왔다.

"크으으!"

새벽까지 곤한 잠을 자던 귀협이 갑자기 몸을 비틀며 눈을 떴다.

"어, 이게 무슨 냄새지?"

귀협은 지끈거리는 머리를 흔들며 자리에서 일어나 주위를 살폈다.

"이것은 사람을 마비시키는 향인 듯한데…보통 사람들은 알아채지도 못할 만큼 미약하게 나고 있어."

귀협은 유독한 향이 코 안으로 들어오는 것을 최대한 막으며 마당으로 나갔다.

"역시 사람들은 세상 모르고 잠들어 있구나."

귀협은 아까부터 궁금했던 촌장의 거처로 다시 향했다.

"이 냄새에 취해 아무도 내 행동을 못 볼 것이니 이 틈을 타 촌장의 방을 훑어봐야겠다."

귀협은 조심스럽게 안채 툇마루에 올라 빼꼼히 방문을 열었다.

"생각보다 검소한 방이구나. 사랑방과 다를 바가 없어. 어, 그런데 촌장의 목에 난 저 자국은 뭐지?"

귀협은 달빛에도 선명히 드러난 이빨 자국을 촌장의 목에서 발견했다. 그것을 유심히 관찰하던 귀협의 얼굴이 어두워졌다.

"설마!"

귀협은 빠르게 몸을 돌려 안채에서 빠져나왔다.

●

촌장의 방을 나온 귀협은 이번에는 문지기 길섭의 방으로 들어갔다.

"역시 이 자도 같은 이빨 자국이 있어. 생긴 지 얼마 안 된 자국 같은데… 그렇다면 방금 전에 무언가가 이들의 방에 다녀갔다는 거로군. 그런데 왜 내 방에는 안 들어왔지? 내가 깨어 있다는 걸 눈치챈 것인가?"

귀협은 내친김에 촌장의 집을 나와 근처에 있는 다른 집들까지 들어가 상황을 확인했다.

"역시, 마을 사람들이 모두 마르고 창백한 이유가 있었어. 사악한 무언가에게 피와 기력을 내주고 있었던 거야!"

귀협은 이 일을 벌인 존재가 인간이 아니라는 것을 확신했다.

●

"도대체 누가 이런 짓을 벌였을까?"

사랑방으로 돌아온 귀협은 아침이 올 때까지 고민했지만 그저 귀신이나 귀물의 짓이라는 것만 추측할 뿐 구체적인 대상은 떠올리지 못했다. 귀협은 사람들이 모두 일어날 때까지 기다렸다가 마당으로 나왔다. 마침 문지기 길섭이 하인들이 마당을 쓰는 걸 감독하고 있었다. 귀협은 바로 길섭에게 다가가 그의 목을 빤히 바라보았다.

"아니, 왜 아침부터 사람을 빤히 쳐다보시오? 다 쉬었으면 얼른 길이나 떠날 일이지, 또 무슨 엉뚱한 소릴 하려고!"

"하하, 죄송합니다. 제가 확인할 게 좀 있어서…. 그런데 목에 난 이빨 자국은 누가 그런 것입니까?"

"뭐? 이빨 자국? 이 사람이 지금 무슨 소리를 하는 거야? 내 목에 무슨 이빨 자국이 있다고! 여보게들, 자네들도 이리 와서 보게. 내 목에 무슨 자국이 있나?"

문지기 길섭은 마당을 쓸던 하인들을 불러 자신의 목을 내보였다.

"아무것도 없는데요?"

"무사님이 아침부터 헛걸 보시나?"

하나같이 귀협을 비웃는 소리였다.

'아, 이들의 눈에는 안 보이는구나. 그렇다면 사악한 무언가의 짓이 분명하군.'

귀협은 일부러 멍한 표정을 지으며 말했다.

"제가 잠이 덜 깨 헛것을 봤나 봅니다. 하도 배를 곯으며 돌아다녀서 그런지 눈도 잘 안 보이고, 하하. 나으리께서 너그러이 이해해 주십시오. 그래서 말인데 여기서 며칠 더 머무르면 안 될런지요? 이렇게 배불리 먹여주는 곳은 처음이라…. 시키는 건 무엇이든

하겠습니다. 허드렛일이라도 좋으니 제발 부탁드립니다. 문지기 나리."

귀협은 머리까지 조아리며 굽실거렸다.

"흥, 좀 전처럼 또 허튼소리나 하려고!"

"에이, 절대 그럴 일 없습니다. 조용히 지낼 테니 좀 봐주십시오."

"그렇담 좋소. 그러잖아도 논밭에 일손이 모자라던 참인데 잘됐구만. 조반 먹는 대로 여기 마당 쓰는 친구들을 따라나서시오. 일거리가 꽤 많을 것이오."

"아, 감사합니다. 나리."

귀협은 다시 한 번 허리 굽혀 인사를 하고 하인들을 따라나섰다.

●

귀협은 밭에 나가 일을 하는 중간중간 지나가는 마을 사람들의 동태를 살폈다.

'사람들 목에 하나같이 이빨 자국이 나 있군. 촌장댁 사람들과 마찬가지로 본인들은 인식조차 못 하는 것 같고.'

논밭을 오가며 일을 하다 보니 금세 점심때가 됐다. 귀협은 남들보다 빨리 밥을 먹어치우고는 막간을 틈타 마을 어귀를 돌아다녔다. 그러던 중 지금까지 마주친 마을 사람들과는 얼굴빛이 다른 한 여자를 목격했다.

'아니, 저 낭자는 얼굴이 창백하지도 않고 목에 자국도 없잖아?'

귀협은 마을 대로를 지나 좁은 골목으로 들어서는 여자를 따라갔다. 하지만 그녀는 금세 사라지고 없었다.

"하, 기운이 좋지 않았는데…. 혹시 저것이, 마을 사람들의 피를 앗아가는 귀물인가?"

마을을 샅샅이 뒤져서라도 그녀를 찾고 싶었지만, 같이 일하던 하인 하나가 어느새 귀협 뒤로 다가와 다그쳤다.

"이봐, 다들 일 시작했는데 여기서 뭐 하고 있나?"

"아, 죄송합니다. 제가 볼 일이 급해서 그만… 지금 갑니다."

귀협은 의심스러운 낭자를 찾는 것을 밤으로 미루고 다시 논두렁으로 갔다.

●

해가 질 때까지 일을 한 귀협은 다른 이들과 함께 촌장댁으로 복귀했다. 그런데 대문 안에 들어서자마자 문지기 길섭의 지시로 촌장댁 하인들이 귀협의 손과 발을 묶기 시작했다.

"아니, 갑자기 왜 이러십니까? 시키는 대로 일을 했을 뿐인데…"

귀협이 항변했지만 아무 소용이 없었다.

"이 사악한 것이 어디 감히 기연 낭자를 넘보느냐?"

"네? 그게 무슨…."

순간 귀협의 머리를 스치는 게 있었다.

'아까 그 사악한 기운을 풍기던 낭자의 이름이 기연?'

귀협이 속생각을 하는 사이 촌장 이로가 귀협 앞에 와서 우뚝 섰다.

"이런 발칙한 것! 나그네라고 재워 주었더니 그릇된 마음을 품었구나. 얘들아, 뭐하느냐? 이 짐승만도 못한 자를 마른 우물에 쳐 넣거라!"

촌장 이로의 말이 끝나자 하인들은 귀협을 사냥감이라도 되는 양 큰 막대에 대롱대롱 매달아 마을 뒤쪽의 버려진 우물로 데려갔다. 그 모습을 지켜보던 마을 사람들은 하나같이 귀협을 손가락질했다.

"쯔쯔, 이래서 외지인은 함부로 마을에 들이면 안 된다니까."

"그러게 말이야. 우리끼리 살면 아무 문제도 없고 이리도 평화로운 것을."

귀협은 귀에 꽂히는 그들의 말에 헛웃음을 지으며 우물 앞까지 끌려갔다.

"이 녀석의 손발은 풀어주되 밧줄로 묶어 우물까지 내려보낸 뒤 밧줄을 끊도록 해라!"

문지기 길섭이 매서운 목소리로 하인들에게 명령했다.

"저기, 길섭 어르신! 죄값은 달게 받겠습니다. 그런데 이왕 우물 속에서 죽는 거 집안 가보인 제 검도 같이 내려주십시오. 그걸 두고 가면 저승에 가서도 조상님들 뵐 면목이 없습니다."

귀협은 길섭이 빼앗은 자신의 검을 바라보며 간청했다.

"좋다. 검이 있다 해도 우물이 깊어 아무것도 할 수 없을 테니 돌려주지. 단, 네가 우물에 들어간 다음 검을 던져주겠다. 명색이 무사이니 우물에서 굶어 죽는 것보다는 이 검으로 스스로 생을 마무리하고 싶겠지."

길섭은 큰 아량이라도 베푸는 것처럼 거들먹거리며 말했다.

●

잠시 후 귀협은 하인들에 의해 천 길 낭떠러지 같이 깊은 우물 바닥으로 떨어졌고 검도 뒤따라왔다. 그런데 마른 우물 바닥에는 귀협 말고도 사람이 하나 더 있었다.

"아니, 당신은…."

이틀 동안 아무 것도 먹지 못해 초주검이 되긴 했어도 아직 눈빛은 살아있는 신녀 요진이었다.

"그대는 마을의 신녀 아니오?"

"보아하니 떠돌이 나그네 같은데 저를 어찌 아십니까?"

신녀 요진은 귀협을 범상치 않은 인물이라 생각하며 되물었다.

"아, 며칠 전 마을에 들어오다가 그대가 고초를 겪는 걸 봤습니다. 나도 이제 마찬가지 신세가 되었지만."

"제가 보기에 무사님은 보통 인간이 아닌 듯한데…. 역시 사악한 기연 낭자에게는 상대가 안 되었던 모양이군요."

귀협은 고개를 끄덕였다.

"그런가 봅니다. 이렇게 우물에 갇히는 신세가 된 걸 보면…. 헌데 그 기연 낭자라는 사람의 정체가 무엇입니까? 내가 보기에 마을 사람들의 정기와 피를 밤마다 빼가는 것 같던데…."

귀협의 말에 신녀 요진의 눈이 반짝했다.

"아, 역시 제 눈이 틀리지 않았군요. 무사님은 인간이 보지 못하는 것을 보는 모양입니다. 호오, 귀신의 기운도 있는 듯하고 인간의 기운도 있는 듯하고…. 참으로 묘한 기운을 풍기십니다."

"하하, 저에 대한 설명은 천천히 하기로 하고 얼른 그 귀물에 대해서 말씀해 주시지요."

요진은 귀협에게 바짝 다가와 속삭이듯 말했다.

"기연 낭자는 무사님처럼 일 년 전에 이 마을에 스며들어온 외지인입니다. 처음부터 사악한 기운을 풍기기에 제가 줄곧 주시하고 있었는데 어찌나 연기를 잘하던지 마을 사람들이 모두 깜빡 속아 넘어갔습니다. 사람들에게 늘 친절을 베풀어 신망도 얻었구요.

그러던 중에 마을 사람들이 점점 말라간다는 걸 제가 눈치채고 촌장 어른께 기연을 쫓아내야 한다고 여러 번 고했습니다. 하지만 이미 촌장의 아들과 기연이 정혼을 한 상태라 촌장은 제 말을 듣지 않고 오히려 저를 이렇게 마른 우물에 넣어버렸습니다. 이 우물에 들어온 이상 다시 바깥 빛을 본 사람은 이제까지 아무도 없었으니까요."

귀협은 고개를 크게 끄덕인 후 씨익 웃어 보였다.

"아마도 기연 낭자는 악귀가 깃든 귀물임에 틀림없습니다. 대체 어떤 악귀가 기연 낭자를 조종하는지 궁금하군요."

"궁금하면 뭐 합니까? 이렇게 갇혀있는 신세인데."

"낙담하기는 아직 이릅니다. 자, 그럼 기운이 쇠하기 전에 움직여 볼까요?"

귀협은 자신의 육신을 우물 바닥에 둔 채 영혼만 빼내 우물 밖으로 나가려 했다. 하지만 무언가가 우물 입구를 꽉 막고 있어 귀협의 영혼은 나갈 수가 없었다.

"이런! 우물 입구를 봉인해 두었구나. 필시 이것은 귀물이 선수를 친 것이다!"

귀협의 영혼은 다시 우물 바닥으로 내려와 자신의 육신으로 들어갔다.

"영혼 상태로 우물을 나가려 했는데 입구가 봉인되어 있습니다. 아무래도 그 영악한 귀물이 날 막기 위해 그리해놓은 것 같습니다."

신녀 요진은 고개를 끄덕였다.

"범상치 않은 무사님이라 여겼는데 역시 몸과 영혼을 자유자재로 운용하시는군요. 그럼에도 여기를 못 빠져나간다니 참으로 원통합니다."

요진의 눈에서는 금방이라도 눈물이 떨어질 듯했다. 반면 귀협은 여유만만했다.

"걱정하지 마십시오. 내가 못 나가면 그대가 나가면 될 것이니."

"네? 제가 어떻게?"

"귀물이 봉인했다고 하나 그것은 내게만 국한된 것이지 다른 이에게는 영향을 미치지 못합니다. 그대의 육체는 자유롭게 넘나들 수 있단 말입니다. 그러니 내가 그대를 우물 밖으로 보내 드리겠습니다."

신녀는 못 믿겠다는 듯 귀협을 빤히 바라보았다.

"나만 믿으십시오!"

귀협은 길섭이 별생각 없이 던져준 검을 들어 주문을 외웠다.

"비검유상!"

귀협이 주문을 외자 그의 검이 허공에 둥둥 떠올랐다.

"어찌 이런 일이!"

신녀는 놀란 나머지 입을 떡 벌리고 귀협과 검을 번갈아 바라보앉다.

"뭘 그리 놀라십니까? 하하. 어서 검에 오르시지요."

"검에 오르다니요?"

귀협은 어리둥절해하는 신녀를 번쩍 들어 검 위에 올려주었다.

"흐어어억!"

신녀가 휘청이자 귀협이 안심을 시켰다.

"그대가 거꾸로 매달려도 이 검이 당신을 꼭 붙잡고 있을 겁니다. 그러니 겁먹지 말고 위로 올라가시지요. 우물 입구에 이르면 귀물이 나를 막기 위해 붙여놓은 부적을 떼어 주십시오. 할 수 있겠지요?"

"제가 이래 봬도 신녀입니다. 그 정도는 문제없습니다."

"좋습니다. 어서 가시지요!"

귀협이 검을 향해 휘익 휘파람을 불자 신녀를 태운 검이 수직으로 올라갔다. 눈 깜짝할 사이 우물을 벗어난 신녀는 검에서 내려 우물 바깥쪽에 다닥다닥 붙어있던 부적들을 떼어냈다. 그리고 곧장 우물 바닥으로 밧줄을 내려보냈다. 귀협이 밧줄을 타고 우물 밖으로 올라왔을 때는 이미 깜깜한 밤이었다.

"휴우, 고맙습니다. 이제 귀물을 잡으러 가지요. 앞장서십시오!"

"네, 알겠습니다. 제가 그 귀물의 거처로 안내하지요."

요진이 신이 난 듯 앞서가고 귀협은 그 뒤를 따랐다. 하지만 그들을 본 마을 사람 몇이 득달같이 촌장에게 보고를 한 탓에 귀협과 요진이 귀물 기연의 거처에 다다랐을 즈음에는 길섭과 촌장의 하인들도 몽둥이를 들고 들이닥쳤다.

"저, 저것들이 어떻게 우물에서 나왔지?"

"역시 저것들은 위험한 자들이었어!"

하인들은 둥그렇게 두 사람을 에워싼 채 점점 포위망을 좁혀왔다.

"하, 시간도 바쁜데 귀찮게 하는군!"

귀협은 검을 높이 치켜들고 부웅 허공으로 뛰어올랐다가 내려오며 하인들의 머리통을 검의 등으로 내리쳤다. 워낙 순식간에 벌어진 일이라 그들은 영문도 모른 채 그 자리에 모두 실신하고 말았다.

"대단하군!"

길섭과 하인들을 물리치고 기연의 거처로 막 들어가려는데 어느새 집 밖으로 나온 기연이 박수를 치고 있었다. 귀협은 신녀를 뒤로 물리고 앞으로 나섰다.

"너는 대체 어떤 귀물이길래 사람 행세를 하며 사람들의 기와 피를 다 빨아간단 말이냐?"

"그건 네가 알 바 아니다!"

말을 마치자마자 귀물은 빛과 같은 속도로 귀협에게 달려들어 그의 가슴팍을 머리로 받아 버렸다.

"흐어억!"

귀협은 길 저만치 나가떨어졌다.

"이토록 나약한 녀석이 어찌 나를 상대하겠다고!"

승리를 확신한 귀물은 어깻죽지에 숨겨놓았던 날개를 활짝 폈다. 얼굴도 본 모습인 거대한 박쥐로 바뀌었다.

"아니, 너는 박쥐가 사람에게 깃든 편복 귀물이었구나!"

"후훗, 그걸 이제 알았느냐? 아둔한 녀석 같으니!"

편복 귀물은 큰 날개를 펄럭여 거대한 바람기둥을 만들었다. 집채만 한 바람기둥에 귀협은 물론 골목에 있던 신녀와 하인들까지 모두 논밭으로 날아갔다.

'보통 괴력이 아니다…. 정신 바짝 차려야 한다….'

귀협은 가까스로 검을 부여잡고 일어섰다.

"반드시 너를 멸하겠다. 더 이상의 악행은 허용치 않으리!"

귀협은 빠르게 허공을 날아 편복 귀물에게 정면으로 돌진했다.

"어딜 감히!"

편복 귀물이 다시 날갯짓하려 하자 미리 그것을 예상한 귀협은 검을 아래로 틀어쥐고 바닥에 회오리를 일으켜 땅속으로 파고들었다.

"허억, 저 녀석이 뭘 하는 거지?"

귀협이 시야에서 사라지자 편복 귀물이 어리둥절해 했다. 그 사이 땅 밑으로 들어갔던 귀협은 다시 지표로 향했다. 그 위치는 정확히 편복 귀물이 서 있는 자리였다.

"이야아앗!"

검을 위로 향한 귀협이 땅을 뚫고 솟아오르자 뒤늦게 이를 눈치챈 편복 귀물이 하늘로 날아오르려 날갯짓을 했다. 하지만 귀협의 속도가 더 빨랐다.

"멸해라, 귀물!"

귀협의 검이 편복 귀물의 몸을 정확히 반으로 가르며 허공으로 솟구쳤다.

"크어어어억!"

편복 귀물은 반으로 쩍 갈라진 채 바닥으로 떨어졌다. 귀협이 거친 숨을 고르며 편복 귀물의 상태를 살피는데 산 저쪽에서 수백 마리의 박쥐 떼가 날아와 편복 귀물의 주변을 에워쌌다. 그것들은 작은 박쥐들로 아마도 편복 귀물의 자손들인 듯했다.

"이것들까지 먹여 살리느라 그토록 많은 사람들의 피를 필요로 했구나. 인간의 피를 먹은 이상 이것들도 살려둘 수 없다!"

귀협이 다시 날아올라 박쥐 떼를 멸하려 하는데 뒤에서 신녀 요진의 목소리가 들려왔다.

"무사님, 그만하시지요. 그것들은 아직 귀기가 없습니다. 산으로 돌려보내면 그곳에서 저들끼리 살 것이니 업이 되는 살생을 하지 마시길 바랍니다."

"흐음…."

귀협은 끓어오르는 분기를 가까스로 삭이고 검을 내렸다. 귀협에게 죽임을 당한 편복 귀물은 어느새 검은 연기가 되어 사라지고 편복 귀물이 들었던 기연낭자는 창백한 얼굴로 죽어 있었다.

•

다음 날 일을 마친 귀협은 마을 사람들의 배웅을 받으며 유곡리를 떠났다. 귀협이 귀물과 용맹하게 싸우는 모습을 본 마을 사람들은 신녀 요진의 설명으로 지금까지의 모든 상황을 알게 되었다.
"부끄럽구만. 용서하시게."
촌장댁 문지기 길섭이 귀협에게 고개를 숙였다.
"모르고 그런 것이니 괜찮습니다. 앞으로는 마을에 귀물이 못 들어오게 신녀 요진의 말을 경청하셨으면 합니다."
"알겠네. 그리하겠네."
대답은 길섭이 아닌 뒤에 있던 촌장 이로가 했다.
"감사합니다, 이로 어르신."
귀협은 촌장에게 정중히 인사하고 다시 혼자만의 길을 떠났다. 유곡리를 완전히 빠져나가 산길로 접어드는데 신녀 요진이 뒤늦게 따라왔다.
"아니, 무슨 일이라도…"

의아해하는 귀협에게 신녀 요진은 대나무잎에 싼 주먹밥과 노자를 쥐여주었다.

"아니, 촌장님께도 여비를 두둑이 받았는데…."

"이건 제 마음입니다. 세상에서 가장 멋진 무사님을 향한 제 마음이요. 몸조심하시고 언젠가 다시 뵙지요."

요진은 머리 숙여 인사한 후 마을로 돌아갔다.

"만나고 헤어지는 것이 쉽지가 않구나. 허나 내 업을 풀려면 계속 떠도는 수밖에…."

귀협은 한낮의 뜨거운 햇살을 맞으면서도 위험에 처한 또 다른 마을로 가기 위해 발길을 재촉했다.

검의 옷의 요괴와
골수 /

　　　　　바다처럼 드넓은 호수 중앙에 요새처럼 자리 잡은 오두촌은 안개가 낄 때면 그 신비로움을 더해 호수 바깥 마을을 지나는 나그네들의 시선을 사로잡곤 했다. 떠돌이 무사 귀협도 예외는 아니었다. 원래는 호수 바깥 마을을 지나 동쪽 지방으로 가려고 했으나 비가 부슬부슬 오는 호숫가에 서서 오두촌을 바라보고 있자니 신비롭고 기이한 느낌이 들어 걸음을 멈추었다.

　"이렇게 바다처럼 드넓은 호수도 처음인데 호수 안에 웬만한 마을보다 더 큰 섬이 떠 있다니, 역시 세상은 놀라운 것투성이구나."

　귀협은 불현듯 그 섬에 가고 싶어졌다.

●

　호숫가 주막에서 하루를 묵고 날이 갠 다음 날 귀협은 얼굴에 주름이 깊게 패인 뱃사공의 도움으로 오두촌에 들어가게 되었다. 귀협이 도착하자 오두촌 부두에는 손님을 맞으려는 듯 벌써 마을 사람들이 기다리고 있었다. 아마도 그들은 호숫가에서 출발한 배가 마을로 들어오는 것을 줄곧 지켜보고 있었던 것 같았다. 귀협은 들뜬 눈으로 자신이 배에서 내리기를 기다리는 사람들에게 묘한 기운을 느꼈다.

　'그것참 이상하다. 분명 살아 움직이는 사람들인데 산 사람 같지 않은 느낌도 들고…. 괴이한 일이다.'

　귀협은 배에서 내려 자신에게 다가오는 마을 사람 셋을 유심히 관찰했다.

　'머리에는 모두 왕이나 쓸 수 있는 익선관을 쓰고 있구나.'

　지금까지 거쳐왔던 어느 마을에서도 본 적 없었던 기이한 광경이었다. 만약 이들이 익선관을 쓰는 게 왕실에 알려지면 무서운 일이 벌어질 수도 있는 사안이었다.

　"아이고, 손님. 뱃길이 험하지는 않으셨는지요?"

　귀협의 속생각을 아는지 모르는지 세 남자는 익선관을 자랑스럽다는 듯 매만지며 귀협을 환대했다. 마치 오랫동안 알고 지낸 사람처럼 친근한 말투였다.

"아, 덕분에 잘 왔습니다."

"하하, 다행입니다. 자, 어서 마을로 드시지요. 우선 해야 될 일이 있으니."

"해야 될 일이라구요?"

귀협이 무슨 영문인지 몰라 물었지만 남자들은 환한 미소만 지을 뿐 대답해주지 않았다.

●

"오, 새로 오신 손님인가?"

남자들이 귀협을 데리고 간 곳은 익선관을 만드는 장인의 집이었다. 장인이 사는 집치고는 꽤나 호사스럽고 넓었다. 모자 장인은 안채 마루에서 귀협을 기다리다 그가 나타나자 바로 자신 앞에 앉혔다.

"어디, 두상을 봅시다. 흐음, 아주 귀한 두상이로다."

모자 장인 초석은 능글능글한 눈매로 귀협의 머리를 꼼꼼히 살폈다.

"잠깐만요."

잠자코 있던 귀협이 일방적으로 두상을 살피고 모자를 만들려는 초석과 남자들을 제지했다.

"지금은 내가 몹시 피곤해서 쉬고 싶으니 모자 맞추는 건 나중으로 미루고 먼저 제가 머물 수 있는 곳이나 좀 알려주시지요."

"이런! 떠돌이 무사님이 우리 오두촌에 들어오시기 전에 아무것도 못 들었나보구만!"

초석의 말에 귀혐은 잔뜩 얼굴을 찌푸리고 답했다.

"마을 사정은 모르겠으나 지금 내가 너무 배가 고프고 지쳤으니 먼저 쉽시다. 마을을 찾아온 손님인데 그 정도 배려는 해주시겠지요?"

귀협이 능청스레 말하자 모자 장인 초석은 빤히 귀협을 바라보다가 갑자기 웃음을 터뜨렸다.

"그렇지. 사람이 일단 먹고 쉬어야지. 그래야 모자 맞출 기분도 나지."

그는 손짓으로 마을 남자들에게 귀협을 데려가라는 손짓을 했다.

·

귀협은 호숫가에서 그를 기다렸던 남자 중 하나인 두성의 집에서 하룻밤을 묵게 되었다. 귀협은 밥 한 끼를 거하게 얻어먹고는 유독 얼굴이 길쭉한 두성을 잡고 질문을 했다.

"도대체 그 익선관은 왜 쓰는 겁니까?"

"아, 이거요?"

두성은 자신의 머리에 쓰인 익선관을 손으로 슬쩍 쓰다듬으며 만족스러운 미소를 지었다.

"이것은 자식을 셋 이상 낳은 자들에게만 특별히 내려주는 촌장님의 선물이지요."

"아, 이 마을은 손이 많이 귀한가 보군요."

"네, 예전에는 장수하는 마을로 꽤 유명했는데 이젠 다 옛일이 되었습니다. 웬일인지 요절하는 남자들이 속출해 지금은 마을에서 사십 넘은 사람을 찾아보기도 힘들지요. 그래서 오래오래 살라는 의미에서 촌장이신 초극 어르신과 그 동생 되시는 초석 어르신이 마을 세금으로 이렇게 만들어주시는 겁니다. 일종의 포상이랄까요? 죽더라도 마을을 이어갈 후세들을 배출하고 가는 거니까요. 하하."

귀협은 고개를 갸웃했다.

"익선관은 원래 왕이 쓰는 모자입니다. 그것은 아시는지요?"

귀협의 질문에 시종일관 미소를 머금었던 두성의 표정이 확 바뀌었다.

"내 참, 왕만 익선관을 쓰라는 법이 있습니까? 어디 잡아갈 테면 잡아가 보라지!"

"아하하, 그렇군요."

귀협은 일단 웃음으로 분위기를 가라앉히고 궁금한 것을 더 물었다.

"그런데 지나가는 길손인 제게는 익선관을 왜 씌우려는 겁니까?"

"하이고, 답답한 무사님 같으니라고. 이 익선관은 귀함과 존경을 상징하는 겁니다. 아까 무사님이 말씀하신 대로 왕만 쓰는 거니까요. 그만큼 손님을 귀히 여긴다는 뜻이지요."

"아, 그렇군요. 전 그것도 모르고, 하하."

대화를 마치고 두성이 방을 나가자 귀협은 사랑방에 홀로 남았다.

"이상한 것투성이다. 마을의 기운도 별로 좋지 않고…. 아무래도 내가 조사를 해봐야겠구나."

귀협은 밤이 더 무르익기를 기다렸다가 자신의 육신은 사랑방에 둔 채 영혼만 빠져나와 두성의 집 밖으로 나왔다.

•

'일단 모자 장인 초석의 집으로 가보자.'

귀협의 영혼은 금세 초석의 집에 도착했다. 초석의 집 마당 평상에서는 초석의 형이자 마을의 촌장인 초극이 초석과 함께 숯불을 피워 놓고 고기를 구워 먹고 있었다.

"형님, 오늘 낮에 외지인 하나가 제 발로 우리 마을에 들어왔는데 좀 수상합니다."

탐욕스럽게 고기와 술을 입에 넣던 촌장 초극이 미간을 일그러뜨리며 초석을 바라봤다.

"뭐가 수상한데?"

"왠지 제 속을 꿰뚫어 보는 듯한 눈빛이 영 마음에 안 듭니다. 모자를 만들어 준다고 해도 은근히 뒤로 빼는 것이···. 이전에 마을에 들어왔던 외지인들은 공짜로 모자를 해준다고 하면 이게 웬 떡이냐 하면서 넙죽 받아쓰지 않았습니까? 그런데 이 젊은 무사는 그렇지가 않습니다."

"무사라···. 검은 제법 쓸 줄 아는 것 같더냐?"

초극의 말에 초석은 빙그레 웃으며 고개를 절레절레 흔들었다.

"손을 보니 검이라고는 쥐어 본 적도 없는 자 같았습니다. 굳은살 하나 없이 손이 아주 곱더라구요."

"에이, 그렇담 무슨 걱정이냐? 혹여 검의 고수라 해도 마을에는 우리 말이라면 무조건 믿고 따르는 자들이 많지 않느냐? 익선관 무리 말이다."

"오, 익선관 무리요? 크크, 이래저래 쓸모가 많은 녀석들이지요. 제가 괜한 걱정을 했나 봅니다. 자, 술이나 드시지요, 형님."

귀협에 대해 내심 불안감을 가졌던 초석은 촌장 초극과 이야기하면서 긴장감이 풀어지는 듯했다.

'저 둘만 아는 무언가가 있구나. 그런데 왜 익선관을 쓴 사람들을 가리켜 익선관 무리라 부르지? 익선관은 자식을 낳은 사람들에게 수여하는 상 같은 것이라 했는데…. 이상하다, 이상해….'

귀협의 영혼은 다시 두성의 집 사랑방으로 돌아와 자신의 육신으로 들어갔다.

"어차피 내일이 되면 다 알게 될 터이니 일단 잠이나 자야겠다."

●

다음 날 귀협은 두성에게 아침을 대접받은 후 자청해서 모자 장인 초석을 찾아갔다.

"오, 무사님 생각보다 일찍 오셨소?"

초석은 전날 마신 술 때문인지 눈이 붉게 충혈되어 있었다.

"네, 어젯밤에 들어보니 익선관이 참으로 명예로운 것이더군요. 그걸 마다할 이유가 없어 이렇게 일찍 찾아왔습니다. 이제 제 모자도 만들어 주시지요."

귀협은 일부러 들뜬 표정을 지으며 살갑게 말했다.

"좋소이다. 그럼 일단 이쪽으로 오시오. 익선관은 머리 치수를 제대로 재야 그 형태가 아름답게 나오니까. 자, 이쪽으로!"

초석은 귀협을 사랑채 깊숙한 곳으로 끌어들였다.

'여기는 꼭 의원들이 환자를 돌보는 방처럼 꾸며놨구나. 두터운

이불도 깔아 놓고 의료 도구도 갖춰 놓고.'

"일단 여기 누우시지요."

"네? 눕다니요?"

"허허, 모자를 만들려면 치수를 재야 하지 않습니까? 여기에 누워야 내가 정확한 치수를 잴 것이고 그래야 좋은 익선관이 나오지요."

"아, 그렇군요…."

귀협은 못 이기는 척 누웠다.

"그럼 내가 준비를 마칠 때까지 편히 쉬고 계시오."

귀협은 눈을 감은 채로 초석의 행동에 귀를 기울였다.

'부스럭거리는 소리가 들리는 걸 보니 준비할 게 많은가 보구나. 어, 이것은 무슨 냄새지? 약초 향 같은데….'

잠시 후 귀협의 코에 약초 태우는 냄새가 들어왔다.

'하아, 졸음이 쏟아지는구나….'

귀협은 호흡법으로 밀려오는 잠을 쫓고 초석의 다음 행동을 기다렸다.

"이제 완전히 잠들었겠지? 그럼 이 녀석 머리통 윗부분을 잘라내야겠다."

눈을 감고 누워있던 귀협은 깜짝 놀랐다.

'내 머리 윗부분을 자른다고? 대체 왜?'

머리에 날카로운 무언가가 닿는 순간 귀협은 그것을 탁 쳐내고 벌떡 자리에서 일어났다.

"그만둬!"

"아니, 어떻게 깨어났지?"

귀협이 깊이 잠들었다고 생각한 초석은 의아한 표정으로 뒤로 물러섰다.

"왜 남의 머리를 멋대로 자르려 하느냐?"

"역시 수상하다 했더니, 보통 녀석이 아니구나!"

초석은 뒤돌아 도망치려 했다. 하지만 귀협의 빠른 손을 피하지 못했다.

"누구 맘대로!"

귀협은 초석의 어깨를 붙잡아 돌려놓고 그의 눈 속을 뚫어지게 들여다보았다.

●

귀협은 자신의 육신을 그대로 두고 초석의 몸속으로 영혼만 진입시켰다. 어렵지 않게 초석의 영혼을 제압한 귀협은 그의 몸을 마음대로 움직일 수 있었다.

"좋다. 이제 초석의 몸이 내 통제 하에 있으니 이들이 왜 이런 행동을 하는지 알아낼 수 있을 것이다!"

귀협은 서둘러 촌장 초극의 집으로 달려갔다.

"형님, 저 왔습니다."

"아니, 이 시간에 웬일이냐?"

"그 외지인 녀석이 잠이 잘 들지 않아 이렇게 왔습니다. 무사라 그런지 좀 오래 걸리네요. 형님 댁에서 밥 한 끼 먹고 가면 곯아떨어져 있겠지요."

초극은 못마땅한 표정으로 귀협의 영혼이 장악한 초석을 바라보았다.

"그러다가 그 무사가 눈치를 채면 어쩌려고?"

"에이, 그럴 리가요? 아시잖습니까? 그 약초의 효력을."

"하긴, 하루 정도는 그냥 잠들지. 하여튼 모든 걸 조심해야 한다. 우리 오지신께서는 늘 새로운 골수를 맛보고 싶어 하시니까."

"아, 그럼요…. 당연하지요."

귀협은 그제야 초석이 자신을 잠재우려 했던 이유를 알아챘다.

'골수를 오지신에게 바친다…. 그렇다면 이 형제가 마을 사람들에게 밤낮 할 것 없이 모자를 쓰게 하는 것은 머리통이 절개된 것을 숨기기 위한…'

많은 일을 겪은 귀협이지만 제 귀로 듣고도 믿기지 않는 이야기였다.

'직접 확인해 봐야겠다.'

초극과의 점심식사를 마친 귀협은 초석의 모습을 한 채로 두성에게 갔다.

"자네 익선관이 조금 낡은 듯하니 잠시 나한테 넘겨주시게."

집 툇마루에 앉아 있던 두성은 귀협에게 선뜻 익선관을 건넸다.

"흐억!"

귀협은 자신도 모르게 소리를 질렀다. 두성의 정수리 부근에 손바닥 절반만 한 구멍이 뚫려 있었기 때문이었다.

"아니, 초석 나으리. 무슨 일입니까?"

"아닐세, 근데 자네 머리통은 괜찮은가? 두통이 있다던가, 아니면 바람이 들어온다든가 하지는 않은가?"

두성은 영문을 모르겠다는 듯 고개를 가로저었다.

"아니, 전혀요. 갑자기 왜 그런 걸 물으십니까? 하하. 어서 익선관이나 다시 주십시오. 하루종일 쓰다가 안 쓰니 허전합니다."

귀협은 유심히 두성의 두 눈을 바라보았다.

'아, 살아 있으면서도 죽어 있고 죽어 있으면서도 살아 있구나. 골수를 파 먹히면서도 죽지는 않을 만큼 손을 써 놓은 것인가? 아마도 오지신이 계속 골수를 파먹기 위해 익선관을 쓴 이들을 마비시켰음에 틀림없다!'

귀협은 두성에게 익선관을 건네고는 자신의 몸으로 돌아가기 위해 초석의 집으로 향했다.

"허억, 내 몸이 어디 갔지?"

귀협이 자신의 육신을 놓아둔 방으로 돌아갔을 때 그의 육신은 온데간데없었다.

"내가 이럴 줄 알았지. 전혀 내 동생 같지 않았거든!"

귀협이 육신을 찾아 헤매는데 초극이 심복 셋을 데리고 나타났다. 그 심복 중에는 무녀도 하나 끼어 있었다.

"맞습니다, 나리. 떠돌이 무사의 영혼이 지금 초석 어르신의 몸에 들어가 있습니다. 허나 우리가 저 무사의 육신을 숨겨놓았으니 자신의 몸으로는 영원히 돌아가지 못할 것입니다."

무녀의 말은 맞았다. 육신을 빠져나온 영혼이 자신의 몸에 하루 내에 돌아가지 못하면 육신에 보이지 않는 막이 생겨 귀협은 영영 자신의 몸을 잃고 만다.

'이거 큰일이다. 저것들이 대체 내 육신을 어디에 숨겼단 말이냐? 설마…'

귀협은 싸늘한 기운을 느꼈지만 최대한 감정을 숨기고 말했다.

"하하, 내 정체를 들켰구만. 그런데 내 육신은 어디 있지?"

"이제야 본색을 드러내는구나. 이런 발칙한 녀석 같으니!"

촌장 초극은 분노가 끓어오르는 듯 손을 부르르 떨었다.

"설마 벌써 오지신께 내 육신을 넘기셨나?"

귀협은 넌지시 물어보고는 그들의 표정을 살폈다. 촌장 옆에 서 있던 무녀가 희미한 미소를 지었다.

'이런, 맞구나!'

귀협은 자신의 몸을 오지신에게 데려간 것이 무녀임을 눈치채고 초석의 몸에서 영혼을 빼 무녀에게 들어갔다. 귀협의 영혼이 빠져나오자 초석은 그 자리에 풀썩 쓰러졌고 초극과 하인들이 초석을 부축하느라 어수선한 틈을 타 귀협은 무녀의 영혼을 제압해 달리게 했다.

"자, 이제 오지신에게 가자!"

무녀는 반항했으나 반인반귀 귀협의 도력을 이겨낼 수는 없었다.

●

무녀는 달리고 달려 마을 끄트머리에 있는 산으로 기어 올라갔다. 산 정상에 오르니 숲 곳곳에 새까맣게 까마귀 떼가 앉아 있었고 그 사이를 여유롭게 걸어 다니는 검은 옷의 여인이 보였다. 무녀에게 빙의된 귀협이 나타나자 검은 옷을 걸친 흑의녀는 앞에 놓인 가야금을 타기 시작했다.

"아아악, 머리가 터질 것 같다."

귀협은 도저히 견디지 못하고 무녀의 몸 밖으로 빠져나왔다. 무녀는 초석이 그랬던 것처럼 바로 바닥에 쓰러졌다.

"네가 바로 오지신이로구나!"

귀협이 손가락을 들어 가리키자 가야금을 타던 흑의녀는 사뿐히 일어나 귀협에게 날듯이 다가왔다.

"네 골수는 아주 달더구나."

"뭐라고? 이미 내 골수를 취했단 말이냐?"

귀협이 울부짖듯이 물었다.

"내 어찌 맛도 안 보고 거짓을 말하겠느냐? 이제 너는 끝났다. 평생 영혼으로 떠돌아야 할 팔자가 되었단 말이다!"

"그렇게는 못 한다!"

순간 귀협은 부웅 허공으로 날아올랐다. 영혼 상태라 어려운 일이 아니었다.

'분명 오지신의 거처가 있을 것이다. 이 근처 어딘가에.'

하지만 아무리 살펴도 오지신의 거처로 보이는 곳은 눈에 띄지 않았다. 오히려 오지신도 허공으로 날아올라 공중에서 귀협을 막아섰다.

"아무리 애써도 못 찾을 것이다!"

말을 마친 오지신은 흑의녀에서 본래 자신의 모습인 천년 묵은 요괴로 변신했다.

"사악하기 이를 데 없는 모습이구나!"

오지신은 까마귀의 머리에 호랑이의 몸을 하고 독수리의 날개를 달고 있었다. 팔은 원숭이의 것이요, 다리는 근육이 넘쳐나는 말의 것이었다.

"오지신, 네가 오랫동안 사람들의 골수를 파먹어 아주 강력한 요괴가 되었구나. 허나 나 귀협의 상대는 안 될 터!"

큰소리를 치기는 했지만 귀협은 현재 영혼의 상태라 큰 힘을 발휘할 수 없었다. 비상검도 없었고 건강한 신체도 없었다. 그저 강한 기운만 있을 뿐이었다.

"이거 어쩐다?"

고민하던 귀협은 줄행랑을 치기 시작했다.

"비겁한 녀석, 어딜 도망가느냐?"

오지신이 검은 날개를 펄럭이며 귀협을 쫓아왔다.

"도저히 내 육신을 숨긴 곳을 찾을 수 없구나. 분명 어딘가 있을 터인데."

가까스로 오지신의 추격을 피하던 귀협의 눈에 순간 까마귀들이 유독 많이 모여있는 큰 바위 하나가 보였다. 언뜻 보면 검은 둔덕으로 보일 지경이었다.

"앗, 저기다!"

귀협은 있는 힘을 다해 오지신을 피하며 바위 쪽으로 날아갔다.

-쉬이이익

귀협은 영혼 상태지만 그 기가 워낙 셌던 지라 움직일 때마다 바람 소리가 났다. 그 소리에 놀란 까마귀들이 허공으로 흩어지자 드디어 거대한 바위가 본모습을 드러냈다.

"역시, 바위 위쪽에 입구가 있구나!"

귀협은 장정 한 명이 겨우 들어갈 수 있는 입구를 통과해 바위 속으로 들어갔다. 바위는 땅 밑의 거대한 굴로 연결돼 있었다.

"오, 여기가 오지신의 거처구나."

굴속으로 들어간 귀협은 빠른 눈으로 자신의 육신을 찾았고 거의 만신창이가 된 몸을 발견했다.

"이런!"

골수와 살이 많이 뜯겨 나갔으나 다행히 뼈는 상하지 않아 형체는 갖추고 있었다. 귀협은 다급히 자신의 육신으로 들어갔고 얼마 안 돼 오지신도 굴속으로 따라 들어왔다. 오지신은 바위로 통하는 구멍이 작아 다시 흑의녀로 변신해 들어와야 했다.

"다 뜯긴 육신이 뭐가 좋다고 들어갔느냐? 그냥 영혼으로 나와 같이 지내자. 네가 내 수하가 되면 내 너에게 수시로 새 육신을 대주마!"

"웃기는 소리!"

귀협은 갑자기 빙글빙글 돌기 시작했다.

"아니, 뭘 하는 거지?"

평소에도 반인반귀 귀협의 회복력은 뛰어났다. 하지만 지금은 위급 상황이라 더욱 빨리 자신의 몸을 회복시키기 위해 돌개바람을 일으킨 것이다. 그것을 알 리 없는 흑의녀는 의아한 눈으로 귀협을 바라볼 뿐이었다.

"허억!"

귀협이 도는 것을 멈추자 그의 육신은 원래의 상태로 돌아와 있었다. 어디 하나 상처 난 곳 없이 깨끗했다.

"호오, 이 녀석 보통이 아니구나!"

"기다려라. 이제 이 비상검으로 너를 요절 내주마!"

기세등등해진 귀협이 검을 들고 달려들자 흑의녀는 뒤로 도망쳤다.

"거기 서라!"

흑의녀는 굴 안에서는 몸을 부풀릴 수 없었기에 다급히 밖으로 향했고 굴을 빠져나가자마자 바위 입구를 닫아버렸다.

"크어억!"

입구를 막은 문이 너무 두터워 귀협은 안에 갇히는 신세가 되었다.

"이대로 물러설 수 없다!"

귀협은 다시 안쪽으로 들어와 바위벽 중 가장 얇아 보이는 지점을 골라 돌진했다.

"비상검아, 도와다오!"

그는 비상검을 위로 치켜올려 바위를 돌파하기 위해 온몸에 힘을 실었다.

"이야아앗!"

여러 번의 시도 끝에 귀협은 마침내 바위를 뚫고 허공으로 솟아올랐다.

"흐으음, 끈질긴 녀석!"

다시 오지신으로 변신한 흑의녀는 까마귀들을 귀협에게 날려 보냈다. 하지만 그것들은 귀협의 상대가 되지 않았다. 귀협의 비상검은 날아오는 까마귀들을 모두 바닥으로 떨어뜨렸고 드디어 오지신과 마주 섰다.

"지금이라도 용서를 빌면 너의 영혼까지 거두지는 않겠다."

"한낱 인간 주제에 용기가 가상하구나!"

오지신은 독수리 날개를 펄럭여 거센 바람을 일으키더니 귀협에게 날려 보냈다.

"으어억!"

태풍만큼이나 강한 바람에 몸을 가누기 힘들었던 귀협은 어느새 절벽 끝까지 밀려났다.

"이러다 절벽 아래로 떨어지겠어. 아!"

순간 귀협에게 좋은 생각이 떠올랐다.

"좋다, 다시 한번 비상검에게 내 운명을 걸어보자!"

귀협은 오지신이 일으킨 바람에 밀려난 척 절벽 아래로 몸을 날렸다. 그와 동시에 주문을 외웠다.

"비검유상!"

비상검을 허공으로 띄우는 주문이었다. 바닥으로 향하던 귀협은 비상검 위에 올라타 절벽을 휘이 한 바퀴 돌다가 오지신의 뒤쪽으로 날아갔다.

"지금이다!"

오지신은 귀협이 절벽 아래로 떨어져 죽었는지를 확인하러 절벽 끝으로 다가갔고 귀협은 오지신이 알아차리지 못하게 빠른 속도로 그 뒤를 쫓았다. 마침내 거리가 좁혀지자 비상검에서 뛰어내린 귀협은 두 손으로 검을 틀어잡고 오지신의 목을 향해 돌진했다.

"사멸하라!"

귀협의 비상검은 뒤늦게 뒤를 돌아본 오지신의 목 정면에 정확하게 관통했다.

"크어어어억!"

오지신의 큰 몸뚱이가 절벽 끝에서 쓰러졌다.

"너는 너무나도 많은 악행을 저질렀다. 이제 완전히 사라져라!"

귀협은 마지막으로 검을 휘둘러 오지신을 완전히 소멸시켰다. 오지신은 검은 연기가 되어 허무하게 사라지고 말았다.

마을로 돌아온 귀협은 수많은 사람의 단체 장례식을 지켜봐야 했다. 그들은 모두 익선관을 쓰고 오지신에게 골수를 파 먹히던 사람들이었다.

'오지신은 참으로 사악하고 영악하구나. 자식이 셋 이상인 사람들의 골수를 취함으로써 대대손손 사람들의 골수를 취하려 하다니. 그런 오지신에게 충성하며 재물을 받아 챙긴 촌장 형제도 오지신 보다 덜 사악하다 할 수 없지.'

귀협은 아직 익선관을 쓰지 않은 청년들, 그리고 남편과 사별한 여자들에게 자신이 본 것과 들은 것을 세세히 전해 주었다. 익선관을 쓰는 이유가 요괴에게 골수를 파 먹히기 위한 것이었음을 알게 된 마을 청년들이 가만있을 리 없었다. 청년들이 귀협에게 몰려와 물었다.

"무사님, 저 간악한 오지신에게 충성을 다하고 부귀영화를 누린 촌장 형제를 어떻게 해야 할까요?"

"글쎄요. 나는 그저 나그네일 뿐입니다. 벌을 하든 용서를 하든 그것은 여러분들이 결정하십시오. 여긴 여러분의 마을이니까요."

귀협은 주섬주섬 봇짐을 챙겨 마을을 떠날 준비를 했다.

마을 사람들의 만류로 하룻밤을 더 묵은 귀협은 다음 날 두둑한 노자를 받고 마을 사람들과 작별 인사를 나누었다.

"그래서 촌장 형제와 그들을 따르던 무리는 어찌 되었습니까?"

"어차피 마을을 떠나시려면 배를 타셔야 할 텐데…. 가다 보면 자연히 알게 되실 겁니다."

귀협은 고개를 끄덕이고 오두촌을 떠나기 위해 배를 얻어 탔다. 바람이 불지 않아 물살은 잔잔했고 하늘은 구름 한 점 없이 맑았다.

"하하, 오랜만에 청명한 날씨로구나."

귀협이 느긋한 마음으로 하늘을 올려다보는데 갑자기 배 선두에서 노를 젓던 뱃사공이 소리를 질렀다.

"어이구, 저게 뭐야?! 으아악!"

"무슨 일입니까?"

귀협은 잽싸게 검을 빼 들고 뱃사공 쪽으로 달려갔다.

"저걸 보십시오!"

뱃사공이 가리킨 쪽을 바라보니 호수 한가운데에 사람의 시체 여러 구가 둥둥 떠 있었다.

"아, 초극, 초석 형제와 무녀, 그리고 그들을 따르던 심복들이구나. 결국 물고기 밥이 되는 것으로 마무리되었군."

뱃머리에 앉은 귀협은 웃는 듯 햇살이 눈 부셔 찌푸린 듯 오묘한 표정으로 다시 하늘을 올려다보았다.

"오늘따라 참으로 아름다운 하늘이다!"

귀협이 탄 배는 오두촌을 떠나 유유히 호수 바깥 마을로 향하고 있었다.

밤마다 사라지는 여자들 /

이슬비가 부슬부슬 내리는 밤, 장옷을 입고 대바구니를 든 여자들이 어둠을 틈타 속속 대나무 숲으로 모여들고 있었다. 모두 모이자 그들은 하늘에 닿을 듯 길다랗게 솟은 대나무 숲 안쪽으로 바삐 걸어갔다. 그리고 한참이나 시간이 흐른 새벽녘이 돼서야 다시 대나무 숲을 빠져나왔다. 그들은 밤을 새고도 하나같이 생기 넘치는 얼굴이었다. 어느새 비가 그치고 새벽 먼동이 터오고 있었다.

굽이굽이 흐르는 강물을 따라 걷다 무사 귀협이 도착한 곳은 죽사촌이라는 마을이었다. 마을 입구에서부터 보이는 대나무 숲이 무척이나 인상적인 마을이었다.

"오, 저 대나무 숲은 웬만한 산림보다 더 울창하고 기세가 좋구나."

귀협은 대나무 숲을 한참이나 바라보고는 마을로 들어가 묵을 곳을 물색했다. 다행히 마을 끄트머리에 주막이 하나 있어 그곳에 여장을 풀 수 있었다.

"아이고, 어서 오세요. 어디서 오시는 손님이신가?"

복스럽게 생긴 주모가 귀협의 얼굴을 뜯어보며 물었다. 귀협은 방에 짐을 풀어놓고 막 평상에 앉아 쉬는 참이었다.

"저는 오고 가는 곳이 없습니다. 그저 팔도 방방곡곡을 유람하는 중이지요."

"그러시군요. 일단 국밥 한 그릇 올릴까요?"

"좋소이다. 탁주도 한잔 부탁합시다."

귀협은 허리에 차고 있던 비상검을 풀어놓고 주모가 가져온 따끈한 국밥을 입에 넣었다.

"참으로 오랜만에 먹는 밥이로구나!"

귀협은 배가 고파 허겁지겁 수저를 뜨긴 했지만 다른 마을에 비해 국밥이 부실하다는 생각이 들었다.

'마을 곳곳에 대나무만 무성하고 논밭은 보이지 않으니 당연하겠지. 강 주변의 비옥한 마을들과는 다르군. 그래도 국밥에 죽순이 많이 들어간 건 특이하구나.'

식사를 마친 귀협은 마을 구경도 할 겸 주막을 나와 곳곳을 둘러보았다. 50여 호 정도가 사는 평범한 마을에는 기와집도 있고 초가집도 있고 종종 대나무를 엮어 만든 집도 눈에 띄었다. 집집마다 마당 평상에 나와 앉아 대나무로 바구니와 각종 공예품을 만드는 아낙들도 눈에 띄었다.

"지루할 만큼 평화로운 풍경이구나. 그런데 일하는 사람들이 다 여자들뿐이고 남자들은 안 보이네? 다들 어디에 간 것인가?"

이상하다 생각한 귀협은 지나가는 노인 하나를 붙잡고 마을 남자들이 어디에 있는지 물어보았다.

"저기 마을 뒤쪽 개천에 가 보슈. 아마 다들 거기 모여 있을 테니."

"아, 그렇군요."

귀협은 호기심을 참지 못하고 노인이 알려준 마을 개천 쪽으로 가 보았다. 거기에는 마을 남자들이 고기와 술을 마시며 흥청거리고 있었다.

"어이, 거기 무사 양반! 우리 마을은 처음인 것 같은데, 이리 오슈!"

용케 귀협을 발견한 한 남자가 크게 소리치며 손짓을 했다. 귀협은 거절하지 않고 그들에게 다가가 자연스럽게 술판에 끼었다.

"저, 오늘이 무슨 날입니까? 이렇게 다들 모여 고기에 술을 먹는 걸 보니 특별한 날인 듯한데…."

귀협은 생글생글 웃으며 좀 전에 자신을 불러준 대천이란 남자에게 물었다. 이마에 짙은 주름이 여러 가닥 패어 있는 대천은 껄껄 웃으며 대답했다.

"하, 이거 부끄러운 말이긴 하지만…. 우린 늘 이렇게 먹고 마신다우. 이 마을 남자들은 일을 하지 않거든."

"네? 그건 왜…."

"하이고, 무사님이 눈치가 없으시구만. 아직 우리 마을 여자들을 못 보셨소?"

대천 옆에 앉은 작은 체구의 소염이라는 남자가 불쑥 끼어들었다.

"여기 죽사촌 여자들이 일을 너무 잘하기 때문이오. 마을 여자들이 대나무를 잘라 바구니 같은 걸 만들어 팔면 그게 큰돈이 되거든. 그러니 우리는 이렇게 먹고 마시며 유유자적하는 수밖에."

말을 마친 소염은 흡족한 얼굴로 탁주를 들이켰다.

'이상하다. 진귀한 공예품을 만드는 것도 아니고… 대나무 바구니 정도는 팔도 어디에서나 흔히 볼 수 있는 것인데 그것이 비싸게 팔린다고?'

귀협은 다시 한번 좌중을 둘러보았다.

'그러고 보니 이 남자들도 어딘가 이상하다. 매일 먹고 마시고 놀기만 하는데 하나같이 눈 밑이 검고 죽음의 기운이 깃들어 있다. 이대로 두면 얼마 못 가 변고를 당할 듯한데…. 대체 이 마을에 무슨 일이 벌어지고 있는 것일까?'

"아이고, 무사 양반. 술 몇 잔에 벌써 취한 거요? 자, 내 술 한잔 더 받으시오!"

귀협은 속생각에 빠져 있다 얼른 잔을 들었다.

"그럼 저도 죽사촌에서 편히 놀다 가도 되겠습니까?"

"당연하지요. 여기는 놀고 마시는 천국이라오."

마을 남자들은 모두 신나게 웃어 젖혔다. 귀협도 따라 웃었지만, 마음은 편치 않았다.

'분명 이 마을에는 비밀이 숨겨져 있다!'

•

거나하게 술을 마시고 주막으로 돌아온 귀협은 방에 들어가자마자 깊은 잠에 빠져들었다. 새벽녘, 목이 말라 일어난 귀협은 물을 마시기 위해 밖으로 나왔다.

"하, 주모를 깨울 수도 없고…. 허락 없이 부엌에 들어가도 되나?"

부엌으로 향하던 귀협의 눈에 뭔가 이상한 게 들어왔다. 주막

울타리 너머로 웬 사람들의 그림자가 줄지어 지나가는 게 보였다.

"아니, 아직 해가 뜨려면 멀었는데 무슨 일이지?"

귀협은 목마른 것도 잊은 채 사립문 밖으로 나가 사람들의 행렬을 지켜봤다.

"아니, 저 사람들은!"

새벽이슬을 맞으며 줄지어 가는 이들은 마을 아낙들이었다. 모두 얼굴까지 덮는 장옷을 걸치고 어딘가를 다녀오는 모습이었다.

"이 새벽에 대체 무슨 일인가?"

아낙들이 각자의 집으로 흩어지는 걸 확인한 귀협이 다시 발을 돌려 주막으로 돌아오니 주모가 평상에 나와 앉아 있었다.

"아니, 주모. 왜 안 주무시고…."

"나야 답답증이 있어 자주 이러지만 무사님은 왜…."

"아, 난 목이 말라서…."

"아이고, 내 정신 좀 봐. 진작 넣어 드렸어야 하는 건데, 잠깐 기다리슈."

주모는 부엌으로 가 대접 가득 물을 받아왔다. 시원하게 물을 마신 귀협이 주모에게 넌지시 물었다.

"저기, 마을 아낙들은 이 밤에 어딜 다녀오는 겁니까?"

"예? 무슨 말씀이신지…. 무사님이 꿈이라도 꾸셨나? 우리 마을 여자들은 하루종일 뼈 빠지게 일하느라 초저녁이면 곯아 떨어진

다우. 그 덕에 남정네들은 허구 헌 날 놀고먹지만."

"아, 그렇군요. 하하, 주모 말대로 내가 꿈을 꾸었나 보오."

귀협은 대충 얼버무리고 방 안으로 들어왔다.

"아낙들이 하나같이 대나무 바구니를 천으로 곱게 싸서 들고 다니던데, 무슨 이유지?"

귀협의 의구심은 점점 커져만 갔다.

●

다음 날 귀협은 전날처럼 개울가에서 대천 일행과 어울리며 시간을 보냈다. 술을 마시며 풍류를 즐기는 나그네의 모습을 보였지만 속으로는 밤이 오기만을 기다렸다. 평소 조급함이 없는 귀협조차도 조바심이 날 정도로 그 시간은 길고 지루했다.

"드디어 해가 졌구나!"

잠시 주막에 들렀다 바람을 쐰다는 핑계로 밤길을 나선 귀협은 마을 중앙을 가로지르는 길 뒤 수풀에 숨어 아낙들이 나타나기를 기다렸다.

"아, 드디어 나타났구나!"

한참을 기다린 끝에 귀협은 전날처럼 삼삼오오 어딘가로 향하는 여인들의 행렬을 발견했다.

"남자들은 하루종일 술을 마시고 잠이 들었을 거고…. 저들은 이 야심한 시각에 어디로 향하는 걸까?"

귀협은 혹시라도 발각될까 어둠 속에 몸을 숨긴 채 천천히 그들의 뒤를 따랐다.

'어? 대나무 숲으로 들어가는구나.'

아낙들은 하나같이 대나무 바구니를 손에 들고 대나무 숲으로 들어갔다.

'혹시 대나무를 꺾으러 가는 것인가? 아니, 굳이 모두가 잠든 밤에 그럴 이유는 없을 것 같은데….'

귀협은 마른침을 삼키며 계속 그들을 쫓았다. 어느덧 여인들의 행렬은 대나무 숲 깊은 곳에 이르렀다.

"저희 왔습니다!"

여인 중 가장 앞장서 걷던 대천의 처 주향이 대나무 숲의 어둠을 향해 소리쳤다.

"오늘도 잘 챙겨왔겠지. 주인님이 벌써부터 기다리고 계신다!"

어둠 속에서 큰 목소리가 들리더니 스르륵 무언가가 나타났다. 귀협은 신경을 곤두세우고 어둠 속을 쳐다봤다.

"저것은 요괴가 아닌가? 그것도 집채만큼 큰 문지기 요괴!"

크기가 집채만 하고 머리에 뿔이 달린 문지기 요괴는 아낙들을 꼼꼼히 점검한 뒤 한 명씩 숲 안쪽의 깊은 어둠 속으로 들여보냈다.

'저 정도 요괴를 부릴 줄 아는 녀석이라면 대나무 숲 깊은 곳에는 정말 대단한 녀석이 있다는 건데…. 하아, 그런데 도대체 여인들의 바구니에는 무엇이 들어있는 걸까?'

도저히 궁금증을 참지 못한 귀협은 숲 가장자리에 자신의 육신을 세워놓고 영혼만 빼내 여자들의 행렬 뒤에 붙었다.

"일단 바구니에 든 것부터 확인해 보자!"

귀협의 영혼은 행렬 맨 뒤에 선 여자의 바구니 속으로 들어갔다.

"이것은!"

영혼이 되어 바구니 속으로 들어간 귀협은 믿기 힘든 것을 발견했다.

"어찌 이런 일이!"

귀협은 내친김에 바로 대나무 숲으로 들어가 이 해괴한 짓을 벌인 요괴를 요절내고 싶었지만 적당한 때를 위해 뒤로 물러나야 했다.

●

다시 마을로 돌아온 귀협은 날이 밝자마자 대천을 찾아갔다.

"아이고, 무사님. 아침부터 무슨 일로?"

귀협은 대천의 처 주향 몰래 그를 마을 뒤쪽으로 끌고 갔다.

"아니, 무슨 얘기를 하려고 이렇게 외진 곳까지…."

귀협이 심각한 표정을 짓고 있는데도 대천은 아침부터 싱글벙글이었다.

"혹시 마을의 신녀가 어디 사는지 아십니까?"

"신녀라…. 우리 마을 신녀는 몇 해 전에 죽었습니다. 대나무 숲에 들어갔다가 비명횡사했지요, 아마?"

"그럼 무당은요?"

"무당도 두어 명 있었는데…. 그러고 보니 그들도 갑자기 사라져 버렸네?"

대천은 별거 아니라는 듯 건성으로 답했다.

"그럼 혹시 마을 남자 중 몸이 아프다든가, 걷기 힘들다든가, 그런 사람은 없습니까?"

"허허, 우리 무사님이 아침부터 왜 이렇게 꼬치꼬치 물으실까? 어? 그러고 보니 자고 일어나면 늘 한두 군데씩 안 좋긴 했는데…. 갈비뼈도 쑤시고 다리도 아프고…. 그러니 허구 헌 날 술을 풀 수밖에 없지요."

귀협은 알겠다는 듯 고개를 끄덕이고는 대천에게 말했다.

"오늘은 날이 무척 더울 듯한데 다 같이 개울에 가서 물놀이를 하는 게 어떻습니까? 물놀이 후에 탁주 한잔을 하면 더 시원할 것 같은데…."

"오, 그것참 좋은 생각이오. 역시 세상 구경을 많이 한 무사님이라 다르구만."

 귀협은 씨익 웃어 보이고는 대천과 헤어졌다.

●

 오후가 되자 마을 장정들이 모두 개울가로 모였다. 가장 먼저 개울에 뛰어든 귀협은 보란 듯이 자신의 헤엄 실력을 보여주었다.
 "에이, 우리 무사님이 물장구 실력은 별로구만. 내가 한 번 보여주겠소!"
 마을의 장정들은 앞다퉈 물속으로 뛰어들었다. 그들이 물놀이에 집중한 사이 귀협은 물 아래로 잠수해 그들의 등과 팔다리 등을 면밀히 관찰했다.
 "하, 역시 바구니 안에 있던 그것들은 이 불쌍한 사내들의 것이었어!"
 귀협은 물을 뿜으며 밖으로 나와 개울가에서 몸을 말렸다.
 "오늘 밤, 모든 비밀을 밝혀내겠다!"

밤이 되면 대나무 숲으로 가 비밀을 밝히겠다던 귀협이 무슨 일인지 주막에서 대천과 마주 앉아 주거니 받거니 탁주를 마시고 있었다.

"허허, 이거 아우한테 술을 대접받으니 기분이 좋구만."

대천은 어느새 귀협을 아우라 칭했고 귀협은 그를 형님이라고 불렀다.

"오늘 밤은 저와 함께 밤새 술을 마시는 겁니다. 형님!"

"하아, 그건 좀 곤란한데…."

좀 전까지 호탕하게 술을 마시던 대천의 목소리가 한결 작아졌다.

"아, 형수님이 무서워서 그런 겁니까?"

"그게… 자네가 뭘 몰라서 그러는데…."

"아, 됐습니다. 됐어요. 다 졸장부 형님을 둔 제 잘못이지요."

"졸장부? 어찌 그런 소릴! 좋아, 밤새 마시자고. 될 대로 되라지, 하하."

귀협은 새벽이 될 때까지 대천을 주막에 잡아 두었다. 그리고 때가 되자 나직이 그에게 말했다.

"형님, 이제 저와 함께 갈 데가 있습니다."

"갈 데라고?"

대천은 거나하게 취했음에도 정색을 하고 말하는 귀협의 태도에 긴장했다.

"왜 마을 장정들의 몸이 안 좋은지, 늘 관절염에 시달리는 이유가 무엇인지 제가 알려드리겠습니다."

"아니, 자네가 그걸 어떻게…"

대천은 못 믿겠다는 말투였지만 귀협은 막무가내로 그를 잡아끌었다.

"잠깐이면 됩니다. 직접 가서 보시지요."

귀협은 대천을 이끌고 대나무 숲으로 향했다.

"잠시만 기다리십시오. 이제 마을 아낙들이 이리로 올 겁니다."

"뭐라고? 그럴 리가. 지금 다들 잠들어 있을 시간인데…"

대천은 여전히 못 미더운 듯 게슴츠레한 눈으로 주위를 훑었다.

"잠시만 기다려 보시라니까요."

귀협의 말이 끝나기 무섭게 아낙들이 속속 대나무 숲으로 들어오기 시작했다.

"아니, 저, 저기…. 우리 집사람도 있네?"

"쉬잇!"

귀협은 대천의 입을 막고 그들의 행동을 지켜보게 했다. 잠시 후 문지기 요괴가 그 거대한 모습을 드러냈다.

"자, 저기 보세요. 저 집채만 한 괴물을!"

"흐으아악!"

무시무시한 요괴를 목격한 대천의 입에서 저도 모르게 비명이 새어 나왔다. 귀협은 얼른 그의 입을 틀어막은 후 지시를 내렸다.

"제가 영혼만 빼내 저곳에 다녀올 테니 형님은 제 육신을 잘 지키고 계십시오. 아무도 손대지 못하게."

"뭐라고? 영혼을 빼낸다고? 지금 날더러 그걸 믿으라는 말인가?"

"후후, 직접 봐야 믿으시겠습니까? 그럼 보여드리지요."

말을 마치자마자 귀협은 자신의 육신에서 영혼을 빼냈다. 영혼이 빠진 육신은 돌덩이처럼 굳었고 대천은 신기한 듯 그것을 만져 보았다. 그 사이 귀협의 영혼은 서둘러 아낙들에게 향했다.

●

귀협은 영혼 상태로 아낙들 뒤에 붙어 대나무 숲 깊은 곳으로 들어가려 했다. 하지만 문지기 요괴가 귀협을 놓치지 않았다.

"허, 여기 인간의 영혼이 따라 들어왔네? 길을 잘못 들었으면 냉큼 가거라. 어물쩡 거리다 혼나지 말고!"

문지기 요괴는 귀협을 우습게 보는 것 같았다.

"싫은데?"

말을 내뱉음과 동시에 귀협은 공중으로 훌쩍 날아올라 문지기의 머리를 두 발로 냅다 걷어찼다.

"커억! 이 녀석이!"

문지기는 두 손으로 귀협을 잡으려 허둥댔지만 귀협은 요리조리 문지기의 손을 피하며 집요하게 공격했다.

'비상검만 있으면 한 방에 처리하는 건데, 영혼 상태라 쉽지 않구나!'

"너 이 녀석, 가만두지 않겠다!"

화가 난 문지기 요괴는 계속 귀협을 붙잡으려 했고 귀협은 살살 도망을 치며 자신의 육신이 있는 곳까지 달려갔다. 육신을 지키고 있던 대천은 문지기 요괴가 다가오자 혼비백산해 수풀 뒤로 몸을 숨겼다.

"좋아, 지금이다!"

귀협은 잽싸게 자신의 육신으로 들어가 비상검을 들었다.

"요괴는 소멸하라!"

미처 예상 못 한 문지기 요괴의 심장을 귀협의 비상검이 뚫고 지났다.

"크어억!"

문지기 요괴는 그 자리에 쓰러지고 그 모습을 지켜보고 있던 대천의 눈이 휘둥그레졌다.

"아니, 이게 다 무슨 일이야…."

"설명은 나중에 하고 일단 나와 같이 갑시다. 형님."

귀협은 대천을 데리고 대나무 숲 깊은 곳까지 들어갔다.

"하이고, 동생. 난 더는 못 들어가겠네. 너무 무서워서 오금이 저리는구만."

"알겠습니다. 정 그러시면 형님은 이만 돌아가셔도 좋습니다."

귀협은 대천을 뒤로하고 홀연히 대나무 숲 깊은 곳으로 들어갔다.

•

"하, 가도 가도 끝이 안 보이는구나. 대나무 숲이 넓다 하나 이토록 방대하진 않을 텐데…. 분명 이것은 우두머리 요괴가 허상을 만들어 놓은 것임에 틀림없다!"

귀협은 조심조심 앞으로 나아가다 드디어 눈 앞에 펼쳐진 광경을 보고 놀라 멈춰 섰다.

"아니, 저것은 궁궐이 아닌가?"

왕이 사는 궁궐만큼이나 호화로운 기와집이 귀협의 눈앞에 펼쳐졌다. 귀협은 서둘러 그 안으로 잠입했다.

"아, 저기 대나무 바구니를 든 아낙들이 있구나."

귀협은 어둠 속을 가로질러 그들이 향하는 곳으로 따라 들어갔다. 여자들은 귀협이 전날 본 그대로 바구니에 새하얀 무언가를 담고 있었다. 그것은 다름 아닌 각 집안 남자의 뼛조각이었다.

'요괴에게 홀린 아낙들이 남편들이 자는 사이에 그들을 혼절시키고 뼛조각들을 조금씩 조금씩 교묘하게 빼 오는 거겠지. 요괴의 도력이 없으면 절대 할 수 없는 일이다.'

아낙들은 뼛조각이 든 바구니를 들고 황금으로 된 방으로 들어가고 있었다.

"오호라, 저곳에 인간의 뼈를 탐하는 요괴가 숨어 있으렷다!"

귀협은 줄을 선 아낙들을 제치고 대담하게 황금 방으로 들어섰다.

"허억!"

방 안에서는 흉측하게 생긴 거대 지네가 아낙들이 바친 뼈를 날름날름 받아먹고 있었다.

'저 지네 요괴가 마을 여자들을 홀려 남편의 살을 가르고 뼈를 가져오게 했구나. 빼낸 뼈 대신 크기가 같은 대나무를 몸속에 넣어 놓고!"

귀협은 낮에 물놀이를 하며 확인했던 남자들 몸에 난 상처 자국을 떠올렸다. 귀협의 눈에는 선명히 보였지만 인간의 눈으로는 거의 식별이 불가능할 정도로 교묘하게 난 상처들이었다.

'아낙들을 홀려 고통 없이 인간의 뼈를 빼 오게 하는 능력을 가졌다면 필시 보통 녀석이 아닐 것이다.'

귀협은 그 어느 때보다 긴장하며 지네 요괴 앞에 나섰다. 지네는 크고 작은 수백 개의 다리를 갖고 있었는데 얼굴은 비틀어진 인간의 모습을 하고 있었다.

"어라? 인간의 육신을 가진 녀석이 제 발로 찾아왔구나!"

인간의 뼈를 간식처럼 먹던 지네 요괴가 빠르게 다리를 움직여 귀협 앞으로 다가왔다.

"호오, 젊은 녀석이로구나. 네 뼈는 아주 바삭바삭하니 맛있겠다."

"어림없는 소리, 나는 네 먹잇감이 아니라 너의 목숨을 거두러 온 저승사자다!"

말이 끝남과 동시에 귀협은 허공으로 날아올라 비상검을 휘둘렀다.

-휘리리릭

하지만 지네의 거대하고 빠른 발이 여유롭게 검을 막아냈다. 지네의 발은 귀협의 비상검만큼이나 단단하고 날카로웠다.

"허억, 저 지네는 수백 개의 검을 가진 것과 다를 바 없구나!"

귀협이 아무리 빠르게 검을 휘둘러도 수백 개의 검을 이겨낼 수는 없었다. 귀협은 점점 뒤로 밀리기 시작했다.

"제법이구나. 그런 하찮은 검 하나로 나를 상대하다니!"

지네 요괴는 마치 장난감을 가지고 놀 듯 귀협을 공격했다. 귀협은 계속해서 뒤로 물러나기만 했고 어느새 궁전 밖까지 밀려 나왔다. 귀협의 온몸에서 땀이 비 오듯 흘렀다.

"이러다가는 체력이 다 소진돼 마을을 구하기는커녕 나도 저 지네의 먹잇감이 되고 말겠어!"

귀협은 뒤로 물러서며 주위를 둘러보았다. 그래봤자 주위에는 온통 대나무뿐이었다.

"아!"

귀협은 무언가가 떠오른 듯 갑자기 검을 돌려 주위에 있는 대나무를 자르기 시작했다. 귀협의 난데없는 행동에 지네 요괴가 우습다는 듯 비아냥거렸다.

"난 여기 있는데 지금 누구랑 싸우는 것이냐? 대나무하고 싸우는 것이냐? 네가 겁을 먹어 정신이 어떻게 된 모양이구나."

지네 요괴가 여유를 부리는 사이 귀협은 비상검을 향해 소리쳤다.

"비검유상!"

외침과 동시에 비상검이 공중으로 부웅 떠올랐고 귀협이 비상검의 등에 올라탔다. 그의 양손에는 방금 잘라낸 날카로운 대나무가 들려 있었다.

"지네 요괴, 너를 요절내고 말겠다!"

비상검을 탄 귀협은 자유자재로 허공을 넘나들며 지네 요괴를 공략했다.

"만만치 않은 녀석이구나!"

지네 요괴는 여러 개의 다리로 귀협을 공격했지만 비상검에 올라탄 귀협의 움직임을 따라잡을 수가 없었다.

"좋다, 지금이다! 비상검 부탁한다!"

순간 비상검에서 뛰어내린 귀협은 날카로운 대나무를 쥔 채 지네에게 돌진했다.

"어딜 감히!"

지네 요괴는 귀협이 휘두르는 뾰족하게 날이 선 대나무를 여러 개의 다리로 정신없이 막아냈다. 그 사이 지네의 뒤로 돌아간 비상검은 요괴의 등을 노렸다.

"흐엇!"

지네 요괴가 뒤쪽에서 살기를 느끼고 돌아봤지만 이미 때는 늦었다. 귀협의 비상검이 지네 요괴의 등을 뚫어내고 있었다.

"크어어억!"

비상검은 지네 요괴의 등을 관통해 다시 귀협의 손에 돌아왔고 뜻밖의 기습을 받은 지네 요괴는 그 자리에 쓰러졌다. 귀협은 바로 달려가 지네 요괴의 머리를 잘라냈다.

●

지네의 숨통이 완전히 끊어지자 요괴에게 홀렸던 마을 아낙들도 모두 그 자리에 쓰러졌다. 그때 마침 둔탁한 발소리가 들려왔다. 대천과 마을 남자들이었다.

"아우님, 아직도 거기 있나? 근심이 돼서 사람들을 데리고 왔네!"

"아, 대천 형님. 마침 잘 오셨습니다. 각자 부인들을 모셔가십시오!"

대천을 따라온 마을 장정들은 자신들의 처가 바닥에 쓰러져 있는 것을 보고 깜짝 놀랐다.

"이게 다 어찌 된 일인가?"

대천이 귀협에게 다가와 물었다.

"저기를 보십시오!"

귀협은 검은 연기가 되어 사라지고 있는 지네 요괴를 손가락으로 가리켰다.

●

지네 요괴가 죽고 일주일이 지나서야 귀협은 마을을 떠날 준비를 했다. 그동안 귀협은 지네 요괴에게 홀렸던 아낙들의 정신을 되살리고 남자들에게는 뼈가 되살아나는 약초를 알려주었다.

"요괴가 여러분들의 뼈를 먹었다고 하나 다행히 일부였으니 생명에는 큰 지장이 없을 것입니다. 게다가 제가 드린 약초를 달여 먹으면 뼈 대신 넣어두었던 대나무가 녹아 내리고 새 뼈가 날 것이니 그 또한 걱정 안 하셔도 됩니다."

"아이고, 고맙네, 아우님 아니었으면 우리 죽사촌 남정네들이 모두 문어처럼 흐물흐물해질 뻔했네 그려."

대천의 말에 귀협을 배웅하기 위해 모인 사람들이 웃음을 터뜨렸다.

"이제 서로 도우며 살기 좋은 마을을 만들어 보세요. 여인들에게만 의지하지 말고 일도 열심히 하시고요. 자, 그럼 저는 이만…"

귀협은 정중히 인사를 하고 발길을 돌렸다.

'참으로 힘든 싸움이었다. 앞으로 또 얼마나 강한 녀석들과 마주치게 될는지…'

귀협의 등 뒤로 죽사촌의 대나무들이 바람에 나부끼고 있었다.

가짜 영혼 /

깊은 산중인 데다 밤이었다. 달과 별도 길고 무성하게 뻗은 나뭇가지에 가려 귀협이 가는 길은 눈을 감은 듯 암흑이었다. 특별한 목적지가 있는 것도 아닌데 다 저녁에 주막을 나와 무리해서 산을 오른 결과였다. 다시 산을 내려갈 수도 없는 노릇이라 현재 귀협이 택할 수 있는 최선의 방도는 어둠이 내린 산을 빨리 넘는 것뿐이었다.

"아마도 이쪽이겠지."

귀협은 주막을 나설 때 사람들이 알려준 산 정상으로 가는 길을 짐작하며 걸음에 속도를 높였다.

"크어어엉!"

하지만 인간의 냄새를 맡은 짐승의 울음소리가 귀협의 뒤에 따라붙었다. 소리가 우렁차고 거친 걸 보니 맹수임에 틀림없었다.

"필시 이것은 호랑이의 울음소리 같은데…."

출중한 검술 실력을 갖춘 귀협이었지만 한밤중에, 그것도 산에서 호랑이와 대면하는 것은 부담스러운 일이었다. 귀협은 속도를 더 높여 빠르게 앞으로 나아갔다.

"크어어엉!"

하지만 호랑이는 배가 고팠던지 귀협이 가던 길을 떡하니 가로막고 서서 번뜩이는 눈으로 귀협을 노려보았다. 한 치 앞도 안 보이는 어둠 속이었음에도 호랑이의 번쩍거리는 눈과 울음소리 때문에 그나마 녀석과의 거리를 가늠할 수 있었다.

"살생은 하고 싶지 않은데…."

귀협은 허리에 찬 비상검에 슬쩍 손을 갖다 댔다. 그와 동시에 호랑이가 귀협을 향해 두 발을 들고 훌쩍 날아올랐다.

"이야아앗!"

귀협도 검을 들고 뛰어올랐다. 귀협의 비상검이 어둠을 가르며 집채만 한 호랑이의 머리를 강하게 내리쳤다.

"쿠아앙!"

호랑이는 큰 타격을 받고 바닥에 쓰러져 꿈틀댔다. 만약 귀협이 검의 등이 아닌 날로 호랑이를 내리쳤다면 아마도 녀석은 이미 죽은 목숨이었을 것이다.

"조금만 참거라. 잠시 후면 깨어날 테니."

귀협이 느긋하게 호랑이를 바라보며 중얼거리는 데 힘 좋은 호랑이가 벌써 의식이 돌아오는지 푸르르 몸을 떨었다.

"허엇, 녀석이 깨어나려나 보다. 얼른 이곳을 벗어나야겠구나!"

귀협은 호랑이를 피해 허겁지겁 어두운 산길을 달려 나갔다.

●

"아, 이런!"

어둠이 걷히고 해가 뜨고 보니 귀협은 엉뚱한 곳으로 들어와 있었다. 산을 넘은 게 아니라 산허리를 따라 빙빙 돈 듯 여전히 깊은 산중이었다.

"호랑이를 피하다가 길을 잘못 든 게로군. 하아, 배가 고픈데 어디 과일나무라도 있으면 좋으련만…"

귀협이 혹시 근처에 먹을 것이 있나 살펴보는데 나무들 사이로 인가가 보였다.

"허어, 이런 곳에 인가가?"

귀협은 급한 마음에 수풀을 헤치고 인가가 있는 쪽으로 달려갔다.

막상 인가에 다다르니 그 안쪽에 작은 마을이 형성되어 있었다. 귀협이 인가라고 생각한 곳은 마을의 곡식 창고 같은 곳이었다. 귀협은 조금 더 힘을 내 마을 안으로 들어갔다. 배가 너무 고팠던 귀협은 첫 번째 보이는 기와집 대문을 두드렸다.

"여보시오. 안에 아무도 안 계시오?"

남은 힘을 다해 목청껏 부르니 대문이 빼꼼히 열리고 얼굴이 말간 여인이 나왔다.

"뉘신지요?"

"아, 나는 팔도를 떠도는 무사인데 밤새 산을 헤맸더니 너무 배가 고파서요. 사례는 할 테니 밥을 좀 주실 수 있으십니까?"

귀협은 최대한 예의를 갖춰 말했다.

"얼마나 고되셨을까? 사례는 필요 없으니 들어오시지요!"

여인은 귀협의 손을 잡아 집안으로 이끌었다. 마치 오랜 친구를 만난 사람같이 정겨운 손길이었다. 얼떨결에 손목을 잡혀 집 안으로 들어간 귀협은 융숭한 대접을 받았다. 갖은 산나물과 고기반찬, 그리고 고봉이 넘칠 듯 수북이 퍼준 밥까지, 굶주림에 지친 귀협조차도 입이 떡 벌어질 만큼 많은 양이었다. 게다가 맛도 참으로 좋았다. 귀협은 한 상 거하게 먹고 후식으로 과일과 차까지 대접받았다.

"이거… 아무 대가도 없이 이렇게 밥을 내주시니 몸 둘 바를 모르겠습니다."

"아닙니다. 저희 마을 촌장님이 말씀하시길 인간은 서로 도와야 하는 존재라고 하였습니다. 저는 그저 촌장님의 가르침대로 행한 것뿐입니다."

그녀는 방실방실 웃으면서도 딱 부러지게 말했다.

"그런데 이 큰 집에 낭자 혼자 사십니까?"

귀협은 기와집 본채 대청마루에 앉아 차를 마시며 새삼스럽게 주위를 돌아보았다.

"아닙니다. 부모님과 함께 사는데 모두 밭일을 나가셨습니다. 어머, 내 정신 좀 봐. 새참을 내가려고 집에 와놓고…"

"이런… 제가 폐를 끼쳤군요."

귀협은 서둘러 일어나려 했다. 하지만 묘현이라는 이름을 가진 여인이 귀협을 붙잡았다.

"손님, 밤새 못 주무신 것 같은데 저기 사랑채에 가서 한숨 주무시고 계십시오. 제가 돌아와서 또 저녁상을 차려드리겠습니다."

"너무 염치가 없어서…. 그럼 제가 꼭 사례를…."

"정말 그런 건 필요 없습니다. 어려워 마시고 어서 사랑채에 가서 쉬시지요."

묘현은 아까 그랬던 것처럼 귀협의 손목을 잡고 사랑채로 안내

했다. 밤새 산길을 걸은 데다 밥까지 먹고 나니 졸음이 쏟아졌던 귀협은 못 이기는 척 사랑채에 들어가 금세 잠에 빠져들었다.

●

피곤했던 귀협은 저녁 무렵까지 내쳐 잠을 자고 말았다. 깨어나 보니 묘현과 가족들이 대청마루에 둘러앉아 오손도손 밥을 먹으며 이야기를 나누는 소리가 들렸다.
"그래, 잘했구나. 아무리 스쳐 가는 나그네라도 잘 대접하고 보내드리는 게 인간의 도리다."
"맞습니다. 우리 묘현이가 이제 다 컸나 보네요."
"아닙니다. 어머니. 저는 그저 촌장님이 가르쳐 주신 대로 한 걸요."
몸을 뒤척이며 일어나던 귀협은 흐뭇한 웃음을 지었다.
"듣기만 해도 참으로 행복해 보이는 가족이구나…."
귀협은 밖으로 나가 대청마루에서 식사를 하고 있는 묘현 가족에게 다가갔다.
"인사가 늦었습니다. 저는 귀협이라 합니다. 따님이 저를 보살펴 준 덕분에 이렇게 기운을 차렸습니다. 감사합니다."
귀협은 진심으로 고개를 숙여 고마움을 표했다.
"아이고, 별말씀을. 자, 이리로 오십시오. 묘현아, 너는 손님 드실

밥하고 술을 좀 내오거라."

"네, 아버님."

묘현은 자리에서 사뿐히 일어나 부엌으로 갔다.

"어려워 말고 어서 이리 앉으십시오. 우린 서로 도와야 하는 사람들 아닙니까? 자, 어서요."

이번에는 묘현의 어머니가 인자한 웃음을 지으며 말했다. 귀협은 어쩔 수 없이 대청마루에 올라 묘현 가족과 함께 식사와 술을 즐겼다. 시간이 흐르자 식사를 마친 묘현과 어머니가 새로 주안상을 차려왔다.

"나그네의 삶이 얼마나 힘들겠소? 나처럼 무릉원에 사는 사람은 상상도 못 할 일이지. 그나저나 곳곳의 산천을 다니면서 재미있었던 일이 있으시면 이야기해 주실 수 있겠소?"

"당연합니다. 이렇게 환대해 주시니 백 번이라도 해 드려야죠."

귀협은 묘현의 가족에게 자신이 겪었던 일들을 들려주었다. 지난밤에 호랑이를 만난 이야기도 들려주었는데 가족들 모두가 눈이 휘둥그레졌다.

"어이쿠, 그래서 살생을 하지 않기 위해 검의 등으로 호랑이를 내리쳤다는 말씀이시오?"

"그렇습니다."

"세상에 이토록 생명을 귀히 여기는 훌륭한 무사가 있었다니!

놀랍고 영광이오. 자, 그런 의미로 내 잔 한잔 받으시오."

귀협은 묘현의 아버지 서균과 새벽까지 술을 나누어 마시며 즐거운 시간을 보냈다.

●

다음 날 아침 일찍 일어난 귀협은 무릉 마을을 돌아봤다. 그리 크지 않은 마을이었지만 사람들이 성실해서 그런지 마을 살림은 풍족해 보였다. 게다가 마주치는 사람들마다 귀협에게 공손히 절을 했다. 아직 스물이 안 된 아이들은 가끔 불량한 눈빛을 보이기도 했지만 스물이 넘은 어른들은 남녀를 불문하고 모두 예의가 바르고 표정도 밝았다.

"오호, 이런 마을이 다 있구나. 마을 이름처럼 무릉도원이 따로 없구나."

귀협은 마을 사람들의 성실함과 예의에 감탄하며 여유롭게 마을을 거닐었다.

●

 그날 저녁 외지인이 마을에 들어온 걸 알게 된 촌장 두경이 귀협과 묘현을 자신의 집에 초대했다. 귀협이 촌장 두경의 고래등 같은 기와집에 도착했을 때는 이미 마을 사람들이 마당에 멍석을 깔아놓고 먹고 마시며 즐기고 있었다. 귀협은 기분 좋게 그들을 바라보며 안으로 들어서다 불현듯 이상한 낌새를 눈치챘다.

 '어, 뭔가 이상하다? 하나같이 즐겁고 흥겨운 모습이긴 한데…. 그 표정이 너무 비슷하지 않은가? 마치 쌍둥이같이 똑같은 미소와 웃음소리라니…. 묘현이 내게 보였던 표정이 모든 마을 사람들에게 있구나. 고립되어 살아가는 사람들이라 표정까지 닮은 것인가?'

 귀협은 묘한 기분을 느끼면서도 내색하지 않고 촌장과 마주 앉았다.

 "지나가는 나그네일 뿐인데 이렇게 환대해 주시니 너무도 감사합니다."

 귀협이 먼저 촌장에게 예를 표했다.

 "허허, 별말씀을요. 난 그저 인간의 도리를 다하는 것뿐입니다. 하늘과 땅 사이에 인간이 있으니 서로 돕고 사는 건 당연하지요."

 촌장 두경은 마치 도인이나 된 듯 알쏭달쏭한 말을 했다.

 "혹시 도를 닦으신 분이신지요?"

"하하, 떠돌이 무사께서 눈이 좋으십니다. 제가 소싯적에 도를 좀 닦았지요. 자, 한 잔 받으시지요."

"아, 네…"

귀협은 촌장과 술을 마시면서도 촌장 집에 모인 마을 사람들의 동태를 계속 살폈다.

'어, 저 사람은 옆 사람이 자신의 옷에 뜨거운 국을 쏟았는데도 웃어넘기고 저 사람은 벌레에 쏘이면서도 기뻐하고 있구나. 보고 있자니 점점 더 괴이하다는 생각이 드는구나…'

귀협은 마을에 뭔가 큰 비밀이 있음을 확신했다.

●

새벽까지 이어진 술자리를 마치고 귀협은 묘현과 함께 그녀의 집으로 향했다.

"낭자, 어찌하여 이 마을 사람들은 한결같이 기쁜 표정만 짓는 것입니까? 화를 내는 사람이 하나도 없습니다."

"그것은 아마도 동굴의 도를 닦아서가 아닐까요?"

"동굴의 도라니요?"

"우리 마을은 스무 살이 되면 동굴에 들어가서 보름을 지내다 나오는 풍습이 있습니다. 저도 그 과정을 거쳤는데 그곳에서 큰 깨달음을 얻고 새 인간이 되었지요."

귀협은 고개를 끄덕이면서도 의구심을 떨쳐내지 못했다.

"새 인간이라면…."

"두경 촌장님이 늘 말씀하시는 도를 아는 인간이 되는 것이지요."

"아, 네…."

귀협은 거기까지 듣고 입을 다물었다.

'아무래도 내가 직접 그 동굴로 들어가 봐야겠구나!'

●

다음 날 아침 귀협은 조반을 먹자마자 촌장댁으로 찾아가 무릎을 꿇었다.

"아니, 무사님 갑자기 왜 이러십니까?"

촌장 두경은 마당에 무릎을 꿇고 앉은 귀협을 보고 깜짝 놀란 듯 버선발로 달려 나왔다.

"촌장 어르신, 저도 이 마을에 정착하고 싶습니다."

예상치 못한 귀협의 말에 촌장은 잠시 두 눈을 끔뻑이다 입을 열었다.

"그 연유가 무엇인지 물어도 되겠소?"

"네, 제가 팔도 방방곡곡을 고루 다녀봤으나 이 마을처럼 사람이 사람답고 마을이 마을다운 곳은 처음 보았습니다. 이 마을에 온 지 며칠 되지 않았으나 진정 제가 살 땅은 이곳이라는 생각이 들었습니다. 그러니 부디 저를 이 마을에 남게 해 주십시오."

귀협은 머리를 땅에 내리찧으며 간청했다.

"그렇다면…."

귀협은 바닥에 머리를 댄 채 촌장의 다음 말을 기다렸다.

'동굴로 가라 하겠지…. 그러면 내 기쁘게 그리로 가겠다.'

촌장 두경은 귀협의 예상대로 동굴을 언급했다.

"우리 마을에는 특이한 풍습이 있소이다. 스물이 되면 마을 뒤에 있는 두경 동굴에 도를 닦으러 보름 동안 출가를 해야 하오. 비록 그대는 스물이 넘었다 하나 이 마을에 들어온 지 얼마 안 되니 삼일 후에 있는 동굴 출가에 동참하는 게 어떻겠소? 그리하면 나도 무사님을 우리 마을의 일원으로 받아들일 것이고 마을 사람들도 자연스럽게 무사님을 받아들일 듯한데, 어떻소?"

"그리하여 제가 이 마을에서 살 수 있게 된다면 당연히 해야지요!"

"하하, 좋소이다!"

촌장은 기분 좋게 웃었고 그제야 귀협은 자리를 털고 일어났다.

•

묘현의 집으로 돌아가던 귀협은 여전히 똑같은 미소에 똑같은 예의를 지키는 마을 사람들의 행동을 눈여겨 보았다.

'마치 사람들이 탈을 쓴 것 같구나. 사람 얼굴을 본떠 만든 탈…'

귀협은 분명히 동굴 속에 무언가 비밀이 있을 거라 생각하고 동굴 출가 일을 손꼽아 기다렸다.

•

동굴 출가 일은 마을의 큰 축제였다. 동굴에 들어가기 전, 갓 스물이 된 젊은이들은 아침부터 촌장 집에 모여 실컷 먹고 마셨다. 귀협도 그들 틈에 끼어서 즐거운 시간을 보냈다. 그리고 그날 저녁 귀협을 포함한 네 명의 젊은이가 동굴로 향했다. 촌장의 지시대로 그들은 동굴에 들어가 가부좌를 틀고 앉았다. 귀협도 그들처럼 가부좌를 틀었다.

'졸음이 오는구나…'

술과 고기를 너무 많이 먹고 와서 그런지 귀협은 솔솔 잠이 쏟아졌다. 다른 참가자들도 마찬가지였다. 가부좌를 튼 자세로 눈까지 감고 있자 귀협은 자신도 모르게 고개를 까닥이며 졸기 시작했다. 그렇게 한참을 졸던 귀협이 갑자기 번쩍 눈을 떴다.

'아, 이게 무슨 냄새지? 뭔가를 태우는 냄새가 나는데….'

귀협은 특유의 호흡법으로 밀려오는 잠을 쫓으며 자리에서 일어났다. 주위를 살펴보니 같이 온 참가자들은 모두 바닥에 쓰러져 있었다.

'졸려서 자는 것이 아니다…. 이 냄새 때문이다!'

귀협은 옷소매로 얼굴을 막고 가느다란 연기가 흘러나오는 동굴 안쪽으로 들어갔다.

'필시 이 냄새가 저들을 쓰러뜨린 것이다. 아마도 촌장이 비밀리에 들어와서 저들에게 무슨 짓을 저지른 게 틀림없다!'

동굴 안쪽까지 들어간 귀협은 마침내 연기의 근원을 발견했다. 동굴 중간 너른 공간에 큰 반상 하나가 놓여 있고 그 위에 여러 개의 향초가 올려져 있었다. 그것들이 연기와 향을 뿜어내고 있었다.

"아, 저기구나!"

귀협이 향을 끄려고 반상 앞으로 다가가는데 갑자기 동굴을 가득 메우는 기이한 그림자가 귀협 앞에 나타났다.

"뭐 하는 녀석이냐!"

귀협이 그림자의 주인공을 올려다보니 그것은 곰의 얼굴에 늑대의 몸을 하고 두 발로 우뚝 서 있었다.

"오호, 요괴가 있었구나. 네가 촌장 두경의 하수인이구나!"

귀협이 비상검을 뽑아 요괴를 가리키며 소리쳤다.

"감히 촌장님의 존함을 함부로 입에 담다니 무엄하다!"

요괴는 날카로운 손톱이 난 두 손으로 귀협의 얼굴을 할퀴었다. 그 속도가 너무 빨라 귀협의 얼굴 살점이 일부 뜯겨 나갔다. 분노한 귀협의 두 눈이 붉은색으로 변했다.

"가만두지 않겠다!"

귀협은 반인반귀의 본성을 드러내며 비상검을 휘두르기 시작했다. 요괴는 좁은 공간에서도 요리조리 귀협의 검을 잘도 피했다.

"더는 못 피한다!"

귀협이 공중으로 부웅 날아오른 순간 그의 뒷머리에 무언가 큼직하고 강한 것이 부딪혔다. 어느새 동굴에 들어온 촌장 두경이 동굴에 있던 돌로 귀협의 머리를 내리친 것이었다.

•

귀협이 눈을 떴을 때 그는 동굴 가장 깊은 곳에 있는 감옥에 갇힌 상태였다. 감옥은 동굴의 막다른 벽을 쇠창살로 막아놓은 형태로 제법 견고했다. 쇠창살 너머에서 촌장 두경이 귀협을 빤히 바라보고 서 있었다.

"그래, 처음부터 수상한 녀석이라 생각했다. 귀기가 서려 있는 것 같았거든. 아니나 다를까, 역시 엉뚱한 짓을 했구나. 너는 어떻게 향초의 기운을 이겨냈지?"

귀협은 그의 물음에 대답하지 않고 오히려 질문을 던졌다.

"마을 사람들의 영혼은 어디에 빼 두었느냐? 너는 필시 사람들의 영혼을 빼내 다른 곳에 가둔 다음 네가 만든 가짜 영혼을 그들의 머릿속에 넣은 것이 아니냐?"

귀협의 질문에 두경은 갑자기 웃음을 터뜨렸다.

"하하하, 대단한 무사로구나! 맞다. 나는 마을 사람들에게 바르고 기쁨이 넘치는 삶을 선사하기 위해 그들의 영혼을 빼냈다. 그리고 내 도력으로 새로운 영혼을 넣어 주었지. 너도 봤지 않으냐? 우리 무릉원 사람들의 성실함과 예의 바름을. 네 입으로 세상 어디에도 없는 마을이라 하지 않았느냐?"

"허튼소리! 네가 만드는 세상은 인간을 위한 세상이 아니다. 단지 너를 위한 세상일 뿐!"

"아무리 소리를 질러도 이제 잠시 후면 너 역시 진정한 무릉원의 일원이 될 것이다. 하하하!"

말을 마친 두경은 귀협과 대결을 펼쳤던 요괴를 시켜 귀협 앞에 향을 피우게 했다.

"흐음…"

위기를 느낀 귀협은 앉아서 그대로 향냄새를 맡는 척하면서 몸에서 영혼을 빼냈다. 영혼이 빠진 귀협의 몸은 풀썩 바닥에 쓰러졌고 귀협의 영혼은 육신 옆에 비켜 서 있었다. 귀협이 자신의 영혼을 몸에서 자유롭게 빼낼 수 있는 반인반귀라는 것을 전혀 모르는 두경은 요괴를 시켜 감옥 문을 열게 했다.

"이제 내가 직접 조제한 탕약을 먹일 시간이다."

두경이 귀협의 입을 벌려 준비해 온 호리병 속의 탕약을 넣으려는 순간 귀협의 영혼이 다시 자신의 육신으로 들어갔다. 그리고 바로 두경을 밀치고 감옥 밖으로 뛰어나와 감옥 문을 닫았다. 이어서 귀협은 감옥 밖에 내팽개쳐져 있던 자신의 비상검을 챙겼다. 졸지에 감옥에 갇힌 두경은 노발대발하며 요괴에게 귀협을 공격하게 했다. 하지만 미리 예상한 귀협은 자신을 덮치려는 요괴에게 비상검을 날렸다.

"날아라, 비상검!"

귀협의 명령을 받은 비상검은 눈으로 가늠하기 힘들 정도의 빠른 속도로 요괴의 가슴팍을 꿰뚫었다.

"크어억!"

거대한 덩치의 요괴는 쿵 소리를 내며 바닥에 고꾸라졌고 금세 검은 연기가 되어 사라졌다.

감옥 안에서 꽥꽥 소리를 지르며 발악하는 두경을 뒤로하고 귀협은 서둘러 두경의 집으로 달려갔다.

"아마도 집 안 깊숙한 곳에 마을 사람들의 영혼을 모아놓은 단지나 호리병 같은 게 있을 것이다."

귀협이 갑자기 두경의 집으로 들이닥치자 두경의 하인들과 식솔들이 무슨 일인가 하고 몰려들었다. 귀협이 재빠르게 둘러댔다.

"촌장님 심부름입니다. 지금 동굴에 문제가 생겨 급히 호리병 하나를 찾아오라는 촌장님 지시를 받고 온 것이니 걱정하지 않으셔도 됩니다."

그들은 귀협의 말을 순순히 받아들였다. 두경이 거짓말이 없는 마을을 만들어 놓았으니 아무도 귀협의 말을 의심하지 않았다. 귀협은 집 안 곳곳을 헤매다가 두경의 서재에서 작은 단지 하나를 꺼냈다.

"아, 이것이로구나! 단지에 봉인을 걸어 놓았구나. 하, 단지 안에 갇힌 영혼들의 아우성이 바깥까지 들리는 듯하구나!"

귀협이 단지의 봉인을 풀려는 순간 갑자기 뒤에서 까마귀 한 마리가 날아들었다.

"내가 두 번 당할 듯싶으냐!"

귀협은 마치 예상이라도 했다는 듯 급히 고개를 숙여 까마귀의 공격을 피했다.

"어서 본색을 드러내시지. 까마귀로 변했다고 내가 못 알아볼 줄 아느냐! 그깟 환술 정도는 나 귀협의 눈에 안 통한다!"

귀협의 외침에 용케 환술을 이용해 감옥을 빠져나온 두경이 본 모습을 드러냈다.

"너는 대체 어디서 굴러온 자길래 이 마을의 질서를 어지럽히려 드느냐?"

두경은 서재 뒤로 돌아가 검 하나를 빼 들고 나와 귀협에게 겨누었다.

"지금 나와 겨뤄 보자는 것이냐?"

귀협도 비상검을 두경에게 겨누었다.

"이야아앗!"

두경의 검이 빠르게 귀협의 목으로 날아들었다. 귀협은 허리를 숙여 빙글 돌며 비상검으로 두경의 다리를 노렸다. 두경은 제자리에서 펄쩍 뛰며 귀협의 검을 피하고는 마당으로 뛰어나갔다.

"이야앗!"

귀협은 두경에게 달려가며 검으로 그의 머리를 노렸다. 두경은 검을 가로로 들어 귀협의 검을 막아냈다.

"이제 촌장의 세상은 끝났다!"

"어림없는 소리!"

두경이 안간힘을 쓰며 버텼지만 반인반귀 귀협의 힘을 막기는 역부족이었다. 두경이 뒤로 밀리는 기색이 보이자 귀협은 검이 아닌 오른발로 두경의 왼쪽 다리를 걷어찬 후 이어 옆구리까지 강타했다.

"크어억!"

예상치 못한 발 공격에 두경은 바닥에 쓰러졌고 귀협은 검으로 그를 내리쳤다. 하지만 날이 아닌 검의 등 쪽이었다. 두경은 죽지 않고 그 자리에 실신했다.

●

귀협은 두경이 보관하고 있던 단지의 봉인을 풀어 마을 사람들의 영혼이 제자리를 찾아가게 만들었다. 그제야 제 모습을 찾은 사람들은 귀협이 마을 중앙 은행나무에 꽁꽁 묶어 놓은 두경에게 우르르 몰려갔다.

"이런 나쁜 인간 같으니!"

"우리를 꼭두각시로 만들다니!"

당장이라도 돌팔매질을 할 것처럼 식식대던 마을 사람들은 이내 감정을 가라앉히고 마을 회의를 열었다. 두경을 어찌 처리할지 상의하기 위해서였다. 귀협은 뒤에 서서 그들이 내리는 결정을 지켜보았다. 결국 두경은 마을에서 쫓겨나는 걸로 결론지어졌다. 본성이 선량한 사람들이었다.

회의가 끝나자 귀협은 은행나무 앞에 모인 사람들에게 두경의 정체를 자세히 알려주고 혹시라도 그가 돌아와 분란을 일으키지 못하게 그의 환술을 없애도 되겠냐고 물었다. 모든 이가 찬성하자 귀협은 자신의 몸을 세워 두고 영혼 상태로 두경의 몸에 들어가 그가 익힌 환술의 기억을 모두 지워버렸다. 두경은 반쯤 넋이 나간 채로 마을을 떠났고 그의 식솔들도 그를 따라나섰다.

●

그 후 며칠 동안 묘현과 마을 사람들에게 극진히 대접을 받은 귀협은 다시 길을 나섰다.

"무사님, 마을에 더 머물면 안 되십니까? 산속 마을이라 근처에 맹수와 요괴도 많고 언제 또 두경 같은 자가 나타날지 모르는데…."

묘현이 간절한 눈으로 귀협을 바라보았다.

"마을 분들이 충분히 대처할 수 있을 겁니다. 그리고, 저 같은 사람이 언제 또 두경같이 될지도 모르는 일이구요, 후후."

"네? 설마요."

묘현의 눈이 놀라 동그랗게 커졌다. 귀협은 애매한 미소를 지어 보이며 마을을 나와 산길로 접어들었다. 그의 머리 위로 떠다니던 흐릿한 구름이 조금씩 비를 뿌리고 있었다.

사람 호수와
이무기 /

깊은 밤, 교주의 방은 깜깜하기 이를 데 없는 바깥과는 달리 휘황찬란하게 불이 밝혀져 있었다. 기름기가 잘잘 흐르는 지방석 교주는 최근 새로 들어온 연화를 앞에 앉힌 채 긴 수염을 어루만지고 있었다. 스물을 갓 넘긴 연화는 지엄하기 이를 데 없는 교주 앞인 지라 눈을 내리깔고 얌전히 앉아 있었다.

"네가 그렇게 효성이 지극하다지?"

"아닙니다…. 저는 그저….”

연화는 포악스럽게 생긴 교주의 얼굴을 힐끔 쳐다보고는 얼른 고개를 숙였다.

"내 다 알고 있느니, 너도 알고 있지 않느냐? 내가 사람의 마음을 꿰뚫어 보는 눈, 심안을 갖고 있다는 것을!"

"아, 네."

연화는 주눅이 든 듯한 목소리로 대답했다.

"너는 네 애비의 두 다리를 고치고 싶겠지?"

지방석 교주의 말에 그늘이 졌던 연화의 얼굴이 활짝 펴졌다.

"네, 맞습니다. 그리만 해주시면…."

"뭐든 할 수 있다?"

연화의 말을 가로챈 교주의 얼굴에 사악한 미소가 어렸다.

"그렇습니다. 무엇이든지…."

그녀의 말에 지방석은 다시 한번 긴 수염을 쓸어내렸다.

"좋다. 그럼 내일 밤, 우리 치유님을 만나러 갈 수 있겠느냐?"

"네? 그렇게나 빨리요?"

연화는 아버지의 두 다리를 고칠 수 있다는 희망에 기쁘면서도 당장 내일 밤 치유님을 만나야 한다는 말에 당황스러웠다.

"왜, 싫으냐?"

"아, 아닙니다. 영광스러운 자리인걸요."

연화는 억지로 힘을 내 말했다. 지방석은 그제야 만족스러운 듯 껄껄 웃었다.

"좋다. 그럼 내일 밤 치유님께 가기로 하고 오늘 밤은 나와 술이나 마시자꾸나, 하하. 여봐라, 어서 술상을 들라!"

교주의 명이 떨어지자 산해진미가 가득한 술상이 방으로 들어왔다.

"오늘 밤 너와 나는 벗이니라. 그러니 격의 없이 마시자꾸나. 하하."

잔뜩 들떠 보이는 지방석의 목소리가 방안을 쩌렁쩌렁 울렸다.

●

한양에서 정승댁 일을 도와주고 도성을 빠져나와 산길을 오르던 귀협의 앞에 이상한 노인이 나타났다. 그는 하반신을 바닥에 끌며 두 손으로 땅을 짚고 산을 내려가는 중이었다. 보아하니 다리가 불편해 그런 모양새로 가고 있는 듯했다. 귀협은 노인이 안쓰럽게 느껴져 그냥 지나치지 않고 다가가 말을 걸었다.

"어르신, 다리도 불편하신 것 같은데 어딜 그렇게 부지런히 가십니까?"

귀협의 말에 노인은 가던 길을 멈추고 빤히 올려다보았다.

"젊은이는 힘이 센가? 좀 마르긴 했어도 힘은 세 보이는 인상인데, 맞나?"

귀협은 씨익 웃었다.

"하하, 맞습니다. 제가 이래 봬도 힘을 좀 씁니다. 제가 가시는 데까지 업어다 드릴까요?"

귀협이 냉큼 등을 내밀었지만 노인은 손사래를 쳤다.

"그러고 싶긴 한데 나는 목적지가 없네."

"네?"

당황한 귀협에게 노인이 자신의 처지를 설명했다.

"실은 내가, 내 딸을 찾으러 가는 중이라네. 갑자기 사라진 딸을…. 그것이 집문서까지 가져가는 바람에 살던 집에서도 쫓겨나서…."

귀협은 깜짝 놀랐다.

"네? 따님이 집문서까지 가져갔다구요?"

노인은 깊은 한숨을 내쉬었다.

"그렇다고 불효를 하는 딸이라고 생각하면 오산이야. 우리 연화는 세상에서 가장 효심이 깊은 아이니까."

귀협은 노인의 말이 알쏭달쏭하기만 했다.

'집문서를 가지고 나갔지만 효녀라….'

●

노인을 가엾게 여긴 귀협은 그를 가까운 주막에 데려가 밥도 먹이고 잘 곳도 마련해주었다. 그리고 자신이 노인을 대신해 그의 딸 연화를 찾아 나서기로 결심했다.

"아무래도 다리가 불편하신 어르신보다는 제가 연화 낭자를 찾는데 적격일 듯싶습니다. 그러니까 어르신 말씀은, 연화 낭자가 어르신 다리를 고칠 신묘한 힘을 가진 자를 만나러 간다고 집을 나간 후 돌아오지 않았다는 말씀이지요?"

주막 평상에서 같이 밥을 먹으며 귀협은 노인이 들려준 이야기를 다시 확인했다.

"맞아, 그래! 그런데 내가 자네한테 이렇게 폐를 끼쳐도 되나?"

노인의 말에 귀협은 빙그레 웃었다.

"그런 말씀 마십시오. 지금은 제가 도움을 드리지만 살다 보면 제가 도움을 받을 날이 있을 겁니다. 그도 아니면 내세에 어르신이 저를 도와주시면 되구요."

귀협의 말에 노인은 고개를 끄덕이며 감탄했다.

"고맙네, 고마워. 진정한 무사로구만. 인품도 뛰어나야 진짜 무사지."

●

막상 노인을 주막에 맡기기는 했지만 귀협은 난감했다. 한양에서 정승댁 일을 봐준 대가로 노자를 넉넉히 받은 덕에 당분간 노인을 주막에 머물게 하는 데는 어려움이 없었다. 하지만 연화 낭자를 찾는 일은 어디서부터 시작해야 할지 감이 잡히지 않았다.

"하, 내가 괜한 일에 끼어든 건가?"

귀협은 당황스러운 마음을 가라앉히며 소문이 돌고 도는 한양 도성 내 저잣거리로 다시 들어갔다. 그리고 저잣거리에 있는 한 주막에 들어가 가장 수다스러워 보이는 사람을 골라 술을 사주며 신묘한 힘을 가진 자에 대해 물었다. 하지만 수다쟁이도 이렇다 할 대답을 못 해주고 있었다.

"그건 내가 잘 아는데 내게도 탁주 한잔 사주시겠소?"

지나가다 귀협과 수다쟁이 남자의 대화를 엿들은 한 사내가 불쑥 귀협에게 다가왔다. 그는 얼굴에 털이 수북한 거친 느낌의 사람이었다.

"탁주야 사드릴 수 있지만 확실한 정보가 있으신지요?"

귀협이 정중하게 물었다.

"싫으면 말고!"

돌아서는 사내를 귀협이 다급히 붙잡았다.

"자자, 그러지 말고 여기 앉으시지요, 하하."

귀협은 그를 수다쟁이 옆에 앉히고 그에게도 탁주 한 사발을 대접했다.

"캬아, 맛 좋다!"

탁주를 시원하게 들이킨 남자는 앞에 놓인 부침개를 손으로 덥석 집어먹더니 입을 열었다.

"내가 알기로 도성 밖에서 그런 소문이 돈다던데…. 지방석인가 하는 자가 교주로 있는 치유교에 가면 병을 고친다는 소문 말이오."

"그게 정말입니까?"

귀협의 귀가 번쩍 뜨였다.

"나도 소문은 잘 안 믿는 편인데 내 친척 어르신이 그곳에 아드님을 보내고 나서 아픈 눈을 번쩍 떴지 뭐요!"

"눈을 떠요? 그게 정말입니까?"

"이 두 눈으로 똑똑히 봤으니 틀림없지. 흠흠."

귀협은 그 사내에게 탁주 한 잔을 더 사주었다.

"혹시 제가 그 어르신과 아드님을 만날 수 있을까요?"

"그야 뭐, 어렵지 않지만 대체 무슨 일로 그러시오?"

사내는 그제야 귀협의 사정이 궁금해진 모양이었다.

"아…. 제 누이가 갑자기 사라져서 그럽니다."

귀협은 생각나는 대로 대충 둘러댔다.

"딱하게 됐구만. 그러고 보니 친척 어르신 눈은 돌아왔는데 그 아들 녀석은 통 안 보이네. 아무튼 내가 술도 두 잔이나 얻어먹었으니 어르신을 만나게 해 드리지."

"아, 감사합니다. 감사합니다."

귀협은 연화 낭자가 정말 자신의 친누이라도 된 양 사내에게 연거푸 감사를 표했다.

●

"이렇게 눈을 뜨고 나니 내 아들이 없어지고 말았소이다…."

귀협이 찾아간 사람은 오랫동안 눈을 못 쓴 노파였는데 아들이 치유교에 데려가 눈을 낫게 해주었다고 했다.

"그럼 어르신, 그 치유교라는 곳의 위치를 아시는지요?"

귀협은 다 쓰러져 가는 초가집 툇마루에서 눈을 끔뻑거리며 앉아 있는 노파에게 물었다.

"아니, 나도 거기가 정확히 어딘지는 모르지. 왜냐하면 그땐 내 눈이 안 보였거든. 갈 때는 물론이고 올 때도 눈에 붕대를 칭칭 감고 온 데다가 집에 온 지 3일이 지나서 붕대를 푸니까 이렇게 눈이 떴다오. 하지만 그 바람에 가산을 모두 탕진하고 아들 녀석은 어디로 사라졌는지 알 길이 없다오. 그래도 나는, 내 다음에 그곳에 간 사람들보다는 사정이 나은 편이지…."

"아니, 그게 무슨?"

재산도 잃고 아들도 잃었는데 사정이 낫다니, 귀협으로서는 이해하기 힘들었다.

"나야 병이라도 고쳤지만 내 다음에 간 사람들은 자식만 잃고 병은 못 고쳤으니 하는 말이오. 무슨 영문인지는 모르지만, 나처럼 병을 고친 이는 세 명밖에 안 된다오. 그러니 하는 말이지."

"아, 그렇군요."

귀협은 고개를 끄덕이며 생각에 잠겼다.

'참으로 희한한 일이다. 실제로 병을 고쳤다는 것도 신기한데 세 명만 고치고 그 후로는 안 고쳐 주었다니. 혹시 앞에 세 사람은 미끼였단 말인가?'

귀협은 어떻게 해서든 치유교의 정체를 밝혀내야겠다고 생각했다.

●

직간접적으로 치유교와 접촉이 있었던 사람들을 몇 명 더 만나 보고 귀협은 드디어 치유교 사람들과 접촉할 방법을 찾아냈다.

"흠, 사람들의 이야기를 종합해 보면 제법 돈이 있어 보이는 옷차림을 하고 근심에 잠긴 표정으로 도성 내외의 외진 골목이나 길을 걸어 다니면 치유교의 포교꾼들이 다가올 가능성이 높다는 건데…."

귀협은 우선 값비싼 도포를 사 입고 양반들이 즐겨 쓰는 갓을 쓴 채 최대한 고민에 찬 얼굴로 한양 도성과 그 밖을 쉼 없이 돌아 다녔다. 비상검은 주막에 데려다 놓은 노인에게 맡겼다. 그러기를 삼 일째, 포교꾼 하나가 귀협에게 다가왔다.

"선비님이 무슨 변고가 있어 이리도 심란한 얼굴로 다니시는지요?"

포교꾼은 아름다운 외모를 갖춘 낭자였지만 눈매가 날카롭고 전체적으로 탄탄한 느낌을 주는 사람이었다.

"그것이…. 지금 제 누이가 많이 아픕니다. 몇 년째 온몸에 열꽃이 피고 얼굴은 검게 타들어 가고…. 제아무리 뛰어난 의원을 찾아가 봐도 그 병을 고치는 이가 없습니다. 참으로 답답할 노릇입니다."

"그러하시다면 이걸 좀 읽어 보시지요."

검은색 옷을 입은 포교꾼 지란은 품에서 종이 하나를 꺼내 귀협에게 건넸다.

"지천대성이 극락정토를 현세에 만드니 모두가 건강하고 행복하리라?"

"네, 그것이옵니다. 우리 치유교의 교주이신 지방석 어른이 바로 지천대성이십니다. 혹시 소문을 들으셨는지 모르겠지만 앞 못 보는 이, 듣지 못하는 이, 오랫동안 병석에 누워있던 이들을 모두 일으키신 분이 바로 우리 치유교의 수장 지방석 도사님이십니다."

"오, 말로만 듣던 그 도사님?"

귀협은 일부러 과장된 목소리로 말했다.

"맞습니다. 지상의 가여운 백성들을 구하러 천상에서 내려오신 지천대성님이 바로 지방석 교주님입니다. 호호."

귀협은 덥석 포교꾼의 손을 잡았다.

'헛, 보통 손이 아니다!'

귀협은 포교꾼 지란의 손이 무술을 오랫동안 익힌 자의 손이라는 것을 단박에 알았다. 하지만 귀협은 모르는 척 표정을 감추고 말했다.

　　"낭자, 나를 그분에게 데려다주시오. 대가는 그 무엇이라도 치르겠소. 내 누이만 병석에서 일어나게 해준다면…."

　　귀협이 완전히 넘어왔다고 판단한 지란은 여유로운 미소를 지었다.

　　"그렇게 서두르실 필요 없습니다. 일단 우리 치유교의 교리도 아셔야 하고 또 치유교에 들어오기 위해서는 가산도 다 처분하셔야 하니 천천히 고민하신 후에 저 치유산 너머에 있는 치유교 본당으로 오십시오. 자, 이거…."

　　그녀는 귀협의 손에 마패와 비슷하게 생긴 물건 하나를 쥐여주었다.

　　"본당에 들어오실 때 필요할 것입니다."

　　"아, 감사합니다. 조만간 제가 그리로 가겠습니다. 하, 이거 집부터 먼저 처분해야 하겠구나!"

　　귀협은 일부러 수선을 떨며 포교꾼을 안심시켰다.

●

 귀협은 바로 노인을 모셔 놓은 주막으로 가 비상검을 챙긴 후 다음 날 일찍 치유산으로 향했다.

 "하, 그런데 이렇게 비상검을 들고 본당에 들어가려 하면 의심을 살 텐데…. 어쩐다?"

 귀협은 고심 끝에 비상검에 주문을 걸었다.

 "비검유상, 축검비상!"

 귀협이 비상검을 허공에 띄우고 주문을 외우자 그것이 엄지손가락만 한 크기로 줄어들었다. 귀협은 작아진 비상검을 품속에 숨기고 바삐 치유산으로 달려갔다.

●

 포교꾼이 알려준 치유산 자락으로 가보니 역시 무시무시하게 생긴 보초 둘이 귀협을 가로막았다. 그들도 포교꾼처럼 검은 도포를 입고 있었다. 아마도 그것이 치유교의 복색인 듯했다.

 "웬 녀석이냐?"

 "아, 저는 치유교에 입문하려는 사람입니다. 여기 표식…."

 귀협은 포교꾼 지란이 준 표식을 그들에게 내보였다.

"맞구만. 잘 오셨소. 저기 보이는 동굴로 들어가면 치유교 본당으로 이어질 것이오."

귀협은 그들이 가리키는 숲속 동굴로 바삐 걸어갔다.

"흠, 동굴을 잘도 밝혀 놓았구나."

동굴 곳곳에는 군데군데 등이 설치되어 있었고 동굴의 길이는 그리 길지 않았다. 들어간 지 얼마 안 돼 반대편 출구가 나왔다.

"오, 이런 곳에 이렇게 큰 건물이 있었다니!"

귀협은 동굴에서 나오자마자 지척으로 보이는 치유교 본당 건물을 올려다보았다. 그야말로 고래 등같이 웅장한 건물이었다.

"왕이 사는 궁전 못지않구나. 아흔아홉 칸의 방이 아니라 999개의 방이 있다고 해도 과언이 아닌 듯 보이는구나!"

귀협은 거대한 대문 앞으로 가 문지기에게 표식을 전달하고 안으로 들어섰다. 경내에는 귀협 외에는 아무도 없었고 건물 내부에서는 경을 외는 소리, 징을 치는 소리 등이 뒤섞여 귀협의 귀에 들어왔다.

"어지러운 기운이 여기저기 섞여 있구나. 이 기운은 인간의 것만이 아닐 듯싶은데…."

귀협이 치유교의 기운을 느끼며 본당 건물로 천천히 접근하는데 어떻게 알았는지 포교꾼 지란이 나타났다.

"어머, 선비님. 일찍 오셨군요! 기다리고 있었습니다!"

"아, 그러시군요. 자, 여기 집문서까지 다 챙겨 왔습니다. 누이를 고치고 나 또한 마음 편히 살 수 있다면 집과 재물이 무슨 소용이 겠습니까?"

"지당하신 말씀입니다."

지란은 만족스러운 듯 귀협을 바라보았다.

"그럼 일단 집문서는 제게 주시고 이리로 오시지요."

귀협은 가짜 집문서를 지란에게 넘기고 처음 치유교에 입문하는 사람들을 교육하는 젊은 남자에게 넘겨졌다. 귀협은 그의 지시대로 검은색 옷을 입고 바로 치유교의 교리를 공부하기 시작했다.

"저기, 선생님. 제 누이의 병은 언제 고치는 것인지…"

교리 담당 선생은 귀협의 질문을 무시하고 길게 찢어진 눈으로 귀협을 바라보며 치유교의 교리를 웅얼댈 뿐이었다.

"하늘과 땅이 본디 같음을 모르는 자는 제 부모가 누구인지 모르는 자와 같으며 치유님께서 이 세상을 만드신 것을 모르는 자는 자신이 누구인지 모르는 자와 같으며…"

귀협은 지겹기 그지없는 교리 공부를 견디며 해가 지기만을 기다렸다.

●

 본당의 가장 큰 방에서 단체로 저녁 식사를 마친 치유교도들은 모두 각자의 방으로 흩어졌다. 귀협은 넷이서 같이 생활하는 방을 배정받아 들어갔다.
 "자네, 오늘 밤이 치유님께 기도드리러 가는 날인가?"
 "응, 기도를 드리러 가면 영영 안녕이니 오늘이 우리가 같이하는 마지막 날일세."
 "그러게, 기도가 효험이 있어 자네 부친의 병을 고칠 수 있으면 좋겠구만."
 "그래야지. 나는 우리 지천대성님과 치유님을 믿네."
 귀협이 알쏭달쏭한 그들의 대화에 불쑥 끼어들었다.
 "기도는 왜 가는 것입니까?"
 처음 치유교에 온 게 분명해 보이는 귀협이 묻자 기도를 하러 간다는 사내가 자세히 설명해 주었다.
 "나는 내 아버님의 병을 고치기 위해 이곳에 왔는데 영 효험이 없어 마지막 방법으로 치유님께 기도를 드리러 치유산 정상으로 올라가는 것이오."
 "치유님이라면…"
 "우리 지천대성 지방석 교주님을 낳아준 치유님 말이오."

귀협은 고개를 끄덕이다가 뭔가 생각난 듯 다시 물었다.

"그런데, 기도를 하러 가면 왜 영영 못 보게 되는 것인지요?"

"허허, 궁금증이 참 많은 신참이구만."

기도를 하러 간다는 남자가 귀협을 힐끗 쳐다보았다.

"하하, 제가 원래 궁금한 걸 못 참아서…"

남자는 자못 비장한 표정을 지으며 이유를 알려주었다.

"기도를 하러 가는 것은 치유님을 만나러 가는 길이오. 한마디로 마지막 기도를 통해 나를 바치고 내 아버님의 병을 고치는 것이라오."

"바친다면, 죽음을 뜻하는 겁니까?"

"후후, 무릇 인간들의 시선에서 보면 그런 것이겠지. 허나 우리 치유교도들은 그것이 치유님과 하나가 되는 길이라 믿고 있소. 크험."

남자는 마치 고귀한 일을 한다는 듯 자랑스러운 얼굴로 듬성듬성 난 수염을 어루만졌다.

"아, 그렇군요…"

귀협은 어느 정도 비밀을 알 것 같았다. 하지만 마음에 걸리는 게 있었다.

'지방석 교주는 본당을 지키고…. 그렇다면 치유산 정상의 치유님은 대체 누구이길래 사람들의 목숨을 가져간단 말인가?'

귀협은 오늘 밤 그것을 밝혀내리라 다짐했다.

밤이 되자 마당에는 환히 불이 켜지고 산 정상으로 기도를 하러 가는 열 명 남짓의 사람들이 가마를 타고 분주히 움직였다. 일반 신도들은 자야 할 시간이었지만 귀협은 살짝 영혼을 빼내 마당으로 나와 그 광경을 지켜보았다.

"죽으러 가는 길인데도 하나같이 기뻐하다니 놀랍구나!"

귀협은 산으로 올라가는 교인들을 한참이나 바라보다 본당 가장 깊숙한 곳에 있는 지방석 교주의 방으로 숨어들었다. 방에서는 귀협을 데려온 포교꾼 지란이 지방석 맞은편에 앉아 그의 지시를 받고 있었다.

"그러니까, 이번에 꽤나 값나가는 집문서를 가지고 온 선비가 있다고?"

"네, 교주님!"

지란은 교주의 말에 깍듯이 대답했다.

"고생했다. 그건 그렇고, 요즘엔 여자 신입들이 통 뜸하구나. 이게 어찌 된 일이냐?"

"아, 그것이…."

"우리 치유님이야 남자든 여자든 상관이 없지만 나는 어쩌란 말이냐? 내 말 무슨 뜻인지 알겠느냐?"

지방석은 갑자기 얼굴을 지란 앞에 쑤욱 들이밀며 다그치듯 물었다.

"예, 알겠습니다. 제가 힘써 보겠습니다."

"그래, 좋다, 좋아…. 내가 네 애미 병도 고쳐주었으니 그 정도는 해야지."

"당연하지요!"

지란은 자리에서 일어나 꾸뻑 인사를 하고 돌아섰다. 그 뒤에 지방석이 한마디 덧붙였다.

"지란아, 여자들이 안 들어오면 네가 그 자리를 대신해야 할 수도 있다. 명심하거라."

"네, 교주님!"

지란이 밖으로 나간 후 귀협은 교주 지방석을 찬찬히 훑어보았다.

'아무리 봐도 이 자 몸 안에 귀신이나 요물이 들어가 있지는 않구나. 그저 무당 정도 되는 자인데…. 나를 못 알아보는 걸 보면 그리 신통한 무당도 아닌 듯하고…. 역시 이 자는 치유님이라고 칭하는 녀석의 하수인에 불과한 것인가?'

귀협은 그가 만만한 상대임을 눈치채고 바로 그의 몸으로 쑤욱 들어갔다.

"크어억!"

지방석은 잠시 몸부림을 치더니 금세 귀협에 의해 장악되었다.

"자, 이제 나를 치유님이란 자에게 인도하라!"

귀협이 명령을 내리자 귀협에게 제압당한 지방석은 자리에서 벌떡 일어나 얼빠진 얼굴로 방을 나섰다.

●

지방석의 몸을 빌린 귀협은 원래 자신이 묵던 방에 들어가 작게 축소된 비상검을 품에 숨기고 기도를 하러 가는 사람들이 그랬던 것처럼 검은색 가마를 타고 산에 올랐다. 그 가마를 앞에서 호위하는 건 검을 찬 지란이었다.

'하, 저 여인은 어쩌다 이 사악한 인간에게 현혹되었을까? 필시 치유님이라 칭하는 그것이 원흉일 텐데…'

귀협은 조바심이 나는 마음을 가라앉히며 치유산 정상으로 가는 가마에 조용히 앉아 있었다.

●

"교주님, 도착했습니다."

교주의 몸에 귀협이 들어간 줄 모르는 지란은 조심스럽게 가마 안의 교주를 불렀다.

"크음, 내 나가마."

귀협은 교주 지방석의 목소리를 내며 밖으로 나섰다.

"안내해라!"

"그런데 지금은 교주님이라 해도 치유님의 진노를 살 수 있는 시간입니다."

"허허, 감히 네가 이 교주의 명을 어기려는 것이냐? 내가 치유님과 통하는 위치임을 정녕 너는 잊었단 말이야?"

귀협이 불같이 화를 내자 지란은 어쩔 수 없다는 듯 앞장서서 치유님의 거처로 이동했다. 귀협은 찬찬히 주위 지형을 살피며 그녀의 뒤를 따랐다. 가마꾼들은 뒤에 남았다.

●

지란이 귀협을 안내한 곳은 산 정상에서 살짝 아래 지점에 있는 숲이었다. 나무가 빼곡히 들어차 있고 밤이어서 조금만 떨어져 있어도 온통 암흑으로 보이는 곳이었다.

"여기서부터는 교주님 혼자 가시지요. 저는 치유님의 진노가 두려워…."

"허허, 아무래도 지란 너는 처음부터 다시 교리를 익혀야겠구나. 내 다 뜻이 있어서 그러니 어서 앞장서거라."

정확한 위치를 모르는 귀협은 계속 그녀를 다그치며 길을 열어 갔다. 지란은 교주의 명을 어길 수가 없어 다시 앞장서 걸어갔다. 길이 없는 숲을 헤쳐 한참을 들어가니 그 안에는 작은 호수 같은 게 보였다.

'허, 괴이하다. 이런 숲속에 호수가 있다니…. 게다가 저 호수는 물이 아닌, 이상한 액체가 가득한 것 같은데…'

귀협은 그제야 앞장섰던 지란을 뒤로 보내고 앞으로 나섰다.

'좋지 않은 냄새와 좋지 않은 기운이다…. 그런데 아까 열 명이나 되는 사람들이 이리로 왔는데 그들은 다 어디로 간 거지?'

귀협이 주위를 살피는데 갑자기 호수 안에서 뱀도 아니고 용도 아닌 거무튀튀한 것이 쓰윽 물 밖으로 올라왔다. 귀협은 바로 그것의 정체를 알아챘다.

'허, 저것은 이무기가 아닌가!'

이무기가 교주의 모습을 한 귀협을 보고 혀를 날름거렸다.

"교주 네 녀석이 웬일이냐? 내가 시키는 대로만 하면 될 것을, 어디 주제넘게 여기까지 올라왔느냐 말이다!"

"아니 그것이…. 병을 고쳐줘야 할 자들이 있어서요."

귀협의 말에 이무기는 코웃음을 쳤다.

"내 말하지 않았느냐? 1년에 딱 한 명만 고쳐주고 나머지는 모두 제물로 삼겠다고! 사람들의 병을 고치는데 내 기력이 얼마나 많이 쓰이는지 잊었단 말이냐?"

귀협은 일부러 비굴한 척 두 손을 모으고 굽실거렸다.

"그러게 말입니다. 제가 생각이 짧아서…."

귀협은 허리를 숙이는 척하면서 품 안에 있는 비상검을 움켜잡았다.

"그런데, 호수의 저 액체는 무엇입니까? 물 같지는 않고…."

귀협의 질문에 이무기가 머리를 길게 빼 귀협의 코 앞까지 다가왔다.

"그러고 보니 네 녀석 오늘 이상하구나!"

이무기가 번들거리는 눈으로 귀협의 눈을 유심히 들여다보았다.

"아니, 너는 교주가 아니구나. 이런 겁도 없이!"

이무기가 놀라는 사이 귀협은 스윽 뒤로 물러서며 비상검의 크기를 원래대로 돌렸다.

"이제야 알아챘느냐? 이 사악한 이무기 같으니! 이무기면 이무기답게 차디찬 강물에 몸을 담가 용이 될 날을 기다려야지, 어찌 사람들을 잡아 그 즙으로 호수를 만들어 놓고 산단 말이냐!"

"허어, 눈치 하나는 빠른 녀석이구나! 너는 귀신이냐?"

이무기의 물음에 귀협은 대답하지 않았다.

"너는 사람들을 현혹해 제물로 삼고 그들을 짓이기고 주물러 즙을 만들어 이 호수를 만들었다. 이 호수를 만들 정도면 얼마나 많은 사람이 너의 손에 죽어 나갔을지 상상이 된다. 이런 천인공노할 이무기 같으니!"

귀협은 호령을 하며 비상검을 꽉 움켜쥐었다.

"그러지 말고 너도 지방석처럼 내 밑으로 들어오지 그러냐? 부귀영화는 내가 책임질 터!"

"어림없는 소리!"

귀협은 앞으로 달려가며 이무기의 목을 노렸다. 하지만 술과 기름진 음식으로 비대해진 지방석의 육신으로는 달리는 것조차 힘들었다.

"어딜 감히!"

귀협은 이무기를 베기는커녕 그것의 꼬리에 크게 맞아 나가떨어졌다.

"이 몸으로는 승산이 없다…."

귀협이 좌절하고 주위를 둘러보는데 지란이 눈에 들어왔다.

"그래, 저 낭자를 이용하자!"

지란은 여자이지만 제법 몸놀림이 빠르고 무술을 익힌 자임을 귀협은 잘 알고 있었다. 귀협은 교주의 몸을 버리고 지란의 몸으로 쑤욱 들어갔다.

"끄어억!"

"조금만 참으시오!"

귀협은 지란의 육신을 장악하여 다시 이무기에게 달려갔다.

"끈질긴 녀석!"

이무기는 다시 한번 긴 꼬리로 같은 공격을 했지만 두 번 당할 귀협이 아니었다. 귀협은 이무기 꼬리를 피한 후 번개같이 그것의 등에 올라탔다.

"크어어어!"

이무기가 귀협을 떨쳐내려 했지만 귀협은 꼿꼿이 버티고 서서 비상검으로 여러 차례 이무기의 몸통을 공격했다.

"크어억!"

귀협은 고통에 꿈틀대는 이무기에 아랑곳 않고 끈질기게 버티다 이무기가 크게 몸부림치는 때를 잡아 허공으로 부웅 날아올랐다.

"비상유검!"

허공에 뜬 귀협은 이무기의 몸을 향해 비상검을 날렸다.

-슈우우우

귀협의 명을 받은 비상검은 이무기에게 날아가 그것의 한쪽 눈을 맞혔다.

"크억!"

이무기는 크게 몸통을 비틀며 괴성을 질러댔고 그사이 비상검은 다시 귀협의 손에 들어왔다. 지상으로 착지했던 귀협은 다시 빠르게 이무기의 등을 밟고 올라가 마침내 그것의 목을 베었다.

"이야아앗!"

귀협의 비상검이 이무기의 목을 정확하게 잘라냈다. 이무기는 거대한 몸을 바닥에 튕기며 몸부림치다 자신이 만들어 놓은 호수로 빨려 들어갔다.

●

다음 날 귀협 덕분에 이 모든 과정을 지켜보고 자신이 교주와 이무기에게 철저히 속았음을 깨달은 지란은 교주를 관아에 넘기고 사람들에게 자신이 보고 들은 것에 대해 알리느라 분주했다. 한편 귀협은 걱정이었다. 주막에 맡겨놓은 노인에게 연화 낭자에 대해 어찌 이야기하면 좋을지 걱정이 앞섰기 때문이었다. 그런데 예상치 못한 희소식이 날아들었다.

"연화라면… 워낙 영리한 아이라서 제가 산으로 기도하러 가는 날 교주에게 말해 포교꾼으로 빼놓았는데요."

"아니, 지란 낭자! 그게 정말입니까?"

귀협은 지란의 도움으로 다른 마을에 포교를 갔던 연화를 찾아냈다. 연화 낭자는 이미 그곳에서 치유교의 소식을 들은 후였다.

"아, 무사님이 가짜 치유님을 멸한 분이시군요?"

"그렇습니다. 일단 아버님이 기다리니 어서 주막으로 가시지요!"

귀협은 연화와 아픈 아버지를 만나게 해주었다. 그들은 몇 번이고 귀협에게 고마움을 표했다. 귀협은 흐뭇한 마음으로 다시 길을 떠났다.

"저기, 무사님!"

귀협이 산길로 들어서는데 뒤에서 귀에 익은 목소리가 들려왔다.

"아니, 그대는 지란 낭자가 아니오?"

"저기… 어디로 가시는지요?"

지란은 뛰어왔는지 숨을 헐떡였다.

"글쎄요. 저는 그저 떠도는 몸이라…"

"죄송한 말씀이지만 저도 데려가 주시면 안 되는지요?"

"네?"

귀협은 깜짝 놀랐다.

"어찌 그런 말씀을…."

"저는 이제 돌아갈 곳이 없습니다. 치유교의 포교꾼인 것을 다들 알았으니 제가 이 마을에서 어찌 살겠습니까? 게다가 병을 고친 어머님도 얼마 전에 갑자기 돌아가신 터라 제겐 가족도 없습니다."

"하, 이거야…."

"당분간입니다. 제가 정착할 곳을 찾을 때까지만 옆에 있게 해주십시오. 부탁입니다."

지란은 무릎까지 꿇었다.

"세상을 떠돌다 보면 밤이슬을 맞으며 자기도 하고 끼니를 굶기가 일쑤인데…. 그래도 괜찮겠소?"

"그럼요, 받아만 주신다면 무사님과 함께하겠습니다!"

귀협은 차마 지란의 딱한 사정을 물리칠 수 없었다.

"그렇다면 당분간입니다. 넉넉하고 인심 좋은 마을을 발견하면 거기서 정착하는 겁니다."

"네, 그렇다 마다요!"

지란은 천하를 얻은 듯 기뻐했고 귀협의 마음은 무거웠다.

'하, 이것도 내 업을 벗어나는 과정인가?'

귀협은 상황을 받아들이기로 했다. 졸지에 동행을 얻은 귀협은 늘 그렇듯 또다시 정처 없는 길을 떠나기 시작했다.

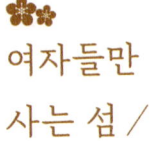
여자들만 사는 섬 /

　　　　　　겨울이 되자 신의주 외곽 지역의 바람은 매섭기 그지없었다. 얼굴을 할퀴는 것도 모자라 손과 발도 얼어붙게 만들었다. 완전한 인간이 되기 위해 길을 떠났던 반인반귀 귀협과 그의 길동무 지란에게도 예외는 아니었다. 특히 온전한 인간인 지란은 더욱 추위에 약했다. 온몸을 무명천으로 칭칭 감아도 사이사이로 들어오는 바람에 지란은 중간중간 몸서리를 쳤다.

　"허, 내 옷이라도 드릴까요? 나는 반은 귀신이라 안 추운데."

　"괜찮습니다. 겨울이라 그런 거니까요. 그래도 눈이 안 오니 다행입니다."

　하지만 지란의 말이 끝난 지 얼마 되지 않아 그들이 걷고 있던 황톳길에는 눈발이 날리기 시작했다.

"아무래도 오늘은 일찍 머물 곳을 찾아야겠습니다."

귀협이 추위에 약한 지란을 위해 걸음을 재촉하는데 꽁꽁 언 황톳길 끄트머리에 초라한 옷차림의 남자가 쭈그려 앉아 있는 게 보였다. 얼굴에는 검은 땟자국이 덕지덕지 붙어있고 앙상하게 뼈만 남은 몸은 말라비틀어질 지경이었다. 누가 보아도 걸인의 행색이었다.

"저 불쌍한 사람, 엽전 한 닢이라도 주고 가야겠습니다."

평소 가여운 사람을 보면 참지 못하는 지란이 나서 걸인의 손에 엽전 하나를 쥐여주었다.

"아이고, 감사합니다. 복 받으실 겁니다!"

지란이 온정을 베풀자 걸인은 그제야 숙였던 고개를 들어 지란과 귀협을 올려다보았다. 그리고는 의외의 말을 내뱉었다.

"이쪽 무사님은 온전한 사람이 아닌 듯싶은데…"

"허어, 동냥으로 먹고 사는 걸인인 줄 알았는데 아닌가 봅니다. 어찌 저를 알아보십니까?"

귀협의 말에 남자는 손사래를 쳤다.

"저는 걸인이 맞습니다. 그저 어려서부터 기리를 떠돌며 여러 사람을 접하다 보니 그 정도 보는 눈은 생긴 것이지요. 외람되지만 제가 돈도 받고 해서 드리는 말씀인데 혹시 온전한 인간이 되고 싶지는 않으신지요?"

귀협으로서는 눈이 번쩍 뜨이는 질문이었다.

"아, 그러잖아도 늙지도 않고 죽지도 않는 이 몸이 한스러워 저를 인간으로 만들어줄 귀인을 찾아 떠돌고 있습니다."

귀협의 목소리는 간절했다.

"제가 듣기로 남해안의 어느 섬에 가면 아주 신통한 도인이 있다고 합니다. 그 자의 도가 출중하여 남자를 여자로 바꾸어 준다고 들었습니다. 그런 능력이면 반귀도 온전한 사람으로 만들 수 있지 않을까요?"

"오, 듣고 보니 그럴듯하군요. 그 정도로 대단한 능력이라면…."

귀협이 잠시 생각에 잠긴 사이 지란이 걸인에게 바짝 다가섰다.

"혹시 그 섬 이름이 기억나시오?"

"하, 그게 워낙 오래된 일이라 기억이 가물거리기는 한데…. 아, 다향도! 다향도입니다!"

"다향도라…. 고맙소!"

귀협은 걸인에게 엽전 하나를 더 내주고 지란과 함께 바삐 걸음을 옮겼다.

"어떻게 하실 요량이십니까?"

어느새 굵어진 눈발을 헤치며 걷기만 할 뿐 별말이 없는 귀협에게 지란이 물었다.

"일단 오늘은 가까운 주막에서 쉬었다가 내일 말을 구해서 남해안으로 가봅시다!"

"어머, 그럼 다향도로 갈 생각이십니까?"

"당연하지요. 나는 하루라도 빨리 이 굴레에서 벗어나고 싶은 사람이오."

귀협의 마음은 이미 다향도로 향하고 있었다.

●

주막에서 하룻밤을 묵은 귀협 일행은 역참 관리에게 뇌물을 주고 말 두 필을 얻었다. 흰말은 지란에게 주고 귀협은 갈색 말을 탔다.

"내쳐 달리면 일주일 안에 남해안에 도착할 수 있을 것이오! 갈 수 있겠소?"

"저야 좋지요. 여기 신의주보다 따뜻한 남쪽으로 가니까요."

지란은 귀협이 내주는 말을 타고 나란히 말을 달렸다. 그들은 평양, 한양을 지나 포항을 거쳐 남해안까지 내달렸다. 잠은 최소한으로 자고 끼니는 먹는 시간을 줄이기 위해 주먹밥으로 때웠다. 그랬더니 5일 만에 바다가 넘실거리는 두룡포에 도착했다. 지란은 물론이고 귀협까지도 기진맥진해진 여정이었다. 그들은 바닷가 근처 주막에서 하루를 쉬고 다음 날 해변에 나가 어부들에게 다향도에 대해 물었다.

"혹시 다향도라고 아십니까?"

여러 번 묻기를 반복한 끝에 다향도의 위치를 안다는 한 어부를 만났다. 허름한 옷차림에 수염이 덥수룩한 노인이었다.

"다향도는 왜 찾으슈? 거기는 여자들만 사는 곳인데."

노인은 무사 옷차림을 한 귀협과 지란을 보고 두 사람 모두 남자라 생각했는지 의아한 눈으로 훑어봤다.

"네? 여자들만 산다니요? 그게 무슨 말입니까?"

"허허, 아무것도 모르는 사람들이 다향도를 찾는구만. 그것도 모르면서 거기는 왜 간단 말이오?"

노인은 더 이상 말하기 싫다는 듯 돌아섰다. 귀협이 잽싸게 그 앞을 막아섰다.

"어르신, 제게 피치 못할 사정이 있어서 그러니 제발 알려주시오. 우릴 그곳까지 데려다준다면 뱃삯을 두둑이 쳐 드리겠습니다."

"그게 정말이요?"

돌아서 가려던 노인의 얼굴에 화색이 돌았다.

"그럼요. 그러니 어서 그 섬에 대해 더 얘기해 보시오. 아, 이럴 것이 아니라 주막으로 갑시다. 거기서 밥도 먹고 술도 한잔하면서 천천히 이야기하시지요."

"허허, 그래도 되려나?"

"당연합니다!"

귀협은 오랜만에 만난 친척 어른이라도 되는 듯 노인의 손을 이끌고 자신이 묵었던 주막으로 가 술과 고기를 사주었다.

"나도 귀동냥만 했지 실제로 가본 적은 없소. 하지만 다른 어부들에게 들어 섬 위치는 대강 알고 있소이다. 가는 길이 험하진 않으니까."

탁주 몇 잔을 들이킨 뱃사공 노인 천석은 흥이 나는지 다향도에 대해 아는 것을 주저리주저리 늘어놓았다.

"그 섬에는 이화라는 주인이 있는데 그 여인이 도를 깨친 도인이라 하더이다. 웬만한 병은 다 고치고 귀신도 부릴 뿐 아니라 날씨도 제 맘대로 할 수 있다지요. 그래서 그 섬이 그렇게 평화로운 것이라 합니다. 하지만 나 같은 남정네는 가고 싶어도 못 가니… 흐흐. 그나저나 그쪽분도 어차피 출입이 안 될 듯싶은데 정말 비싼 뱃삯을 주고 그 섬에 가겠소?"

"하하, 그건 걱정 마시지요. 다 방법이 있습니다."

귀협은 자신 있게 대답하고 다음 날 포구에서 만날 것을 약속했다.

●

다음 날 새벽, 귀협은 지란의 도움을 받아 여염집 규수처럼 옷을 차려입고 포구로 나갔다. 지란은 오랜만에 자신이 좋아하는 비단옷을 꺼내 입었다.

"어머, 귀협 무사님 자태가 고우십니다. 남자인 줄 전혀 모르겠습니다. 수염이 없어 그런지 정말 감쪽같습니다. 늘 보던 저도 반할 지경입니다."

"놀리지 마시오."

"놀리다니요? 진심입니다. 적어도 다향도에 들어가는 건 문제가 없을 듯합니다."

귀협과 지란은 뱃사공 천석의 배를 타고 바다로 나아가 반나절 만에 다향도에 도착했다.

"저는 닷새 후에 오도록 하겠습니다. 그때까지 일 잘 보시고 건강히 계십시오."

"어르신, 감사합니다. 살펴 가십시오."

귀협은 천석을 떠나보낸 뒤 마을이 있는 섬 중앙 쪽으로 천천히 걸어갔다.

"겉으로 보기에는 다른 섬들과 그리 달라 보이지 않습니다."

지란이 섬 이곳저곳을 부지런히 살폈다.

"그렇긴 한데 기운이 좀 색다르긴 하군요. 여자들만 산다고 해서 양기는 없이 음기만 가득할 줄 알았는데 그렇지도 않군요."

"어쨌든 저는 따뜻해서 참 좋습니다."

지란은 앞으로 다가올 어려움은 모른 채 해맑게 웃었다.

●

섬 중앙으로 가자 제법 그럴듯한 기와집들이 검은 흙길을 중심으로 양쪽으로 줄지어 있었다. 규모는 크지 않았지만, 다향도가 꽤나 부유한 섬이라는 걸 보여주었다. 그 기와집들 끝에 섬 뒤쪽의 야산을 배경으로 큰 집 한 채가 외따로 있는데 그 집이 다향도의 주인이 사는 곳인 듯했다. 귀협과 지란이 흙길로 들어서자 마을 여자들이 그들 주위로 몰려들었다.

"어머, 신입들이 오셨네?"

"누구 소개로 오셨수?"

"여기가 지상낙원이라는 소문 듣고 오셨지요?"

"두 분 다 미인이십니다!"

그들은 귀협과 지란이 대답할 틈도 주지 않고 쉴 새 없이 질문을 했다.

'하, 정말 남자라고는 없는 섬이구나.'

귀협은 지란의 옆구리를 콕콕 쳐 그들과 대거리를 하게 했다. 아무래도 자신은 남자인 게 들통날까 두려워 입을 열지 못했다.

"이렇듯 환대해 주시니 감사합니다. 저희는 누구 소개로 온 것은 아니고 우연히 이런 곳이 있다하여 궁금하기도 하고 살고 싶기도 하여 찾아왔습니다. 그런데 여기서 살려면 저희가 어떻게 해야 합니까?"

지란의 질문에 눈이 부리부리하고 기골이 좋은 초연이라는 여자가 나섰다.

"그거라면 날 따라오시오. 이 섬의 주인이신 이화 마님을 만나야 하니까. 자, 뭐 하시오? 어서 날 따르시오."

초연은 생김새와 걸맞는 걸걸한 목소리와 급한 성격을 가진 듯했다. 귀협과 지란은 별말 없이 조용히 그녀를 따랐다.

"다 왔소. 여기가 바로 우리 다향도를 낙원으로 만드신 이화 마님의 거처요. 아, 지금은 낮잠 주무시는 시간이니 잠시 후에 들어갑시다."

귀협과 지란은 이화가 낮잠에서 깨기를 기다리며 그녀의 집 대문 앞에서 초연과 이야기를 나누었다.

"아까 낙원이라 하셨는데 왜 여길 지상낙원이라 부르는 것이지요?"

귀협이 목소리를 가늘게 내어 물었다.

"일단 여기는 평등합니다. 신분 고하도 없고 남자가 없으니 남녀 차별도 없습니다. 그리고 세금도 없습니다. 농작물을 가꾸고 물고기를 잡으면 모두 내 것이 되지요. 빼앗으려고 머리를 쓰는 사람도 당연히 없구요. 만약 그랬다간 이화 마님에 의해 추방당하게 됩니다."

"그래도 사람이 모여 살다 보면 크고 작은 사고가 있지 않을까요? 갈등도 있을 테고…."

"그럴 경우에도 이화 마님에 의해 이 섬에서 추방됩니다."

"아, 그렇군요. 다른 사람을 조금이라도 불편하게 하거나 해를 끼치면 바로 추방이다…. 그런데 추방은 어디로 하는 겁니까?"

귀협의 질문에 초연은 잠시 멈칫했다가 대답했다.

"정확히 어딘지는 모르지만…. 이화 마님이 육지라고 하였습니다. 이화 님이 내린 규칙을 어겨 배에 실려 가는 걸 몇 번 본 적이 있으니까요."

"그 규칙이라는 게 까다롭거나 번거로운 것은 아닌가요?"

"아니요. 전혀. 다른 사람에게 피해를 안 주면 아무 일도 없습니다. 늘 남에게 친절하게 대하면 문제 될 게 없지요."

귀협은 고개를 끄덕이면서도 속으로는 다른 생각을 했다.

'모든 사람이 지금 내 앞에 있는 초연 같지는 않을 것이다. 실수라는 것도 있을 것이고…'

"아, 이화님이 일어나셨나 봅니다. 저기 굴뚝에 검은 연기가 올라가는 거 보이지요? 저것이 신호입니다. 이제 들어가 보십시오. 저는 여기까지만 도와드리겠습니다."

초연은 귀협과 지란의 인사도 받지 않고 휑하니 돌아갔다.

●

다향도의 주인 이화의 집 마당에 들어선 귀협과 지란은 눈이 휘둥그레졌다. 제법 윤기가 흐르던 마을의 기와집들보다도 훨씬 넓고 호화로워 보였기 때문이었다. 먼 이국에서 들여온 것 같은 장신구도 곳곳에 장식되어 있어 더 그렇게 보이는 것인지도 몰랐다.

'흠, 아무래도 남해다 보니 외국 뱃사람들과도 교류가 있는 것인가?'

귀협은 느긋하게 마당을 둘러보며 초연이 일러준 이화의 침소 앞까지 갔다.

"저기 이화 마님, 육지에서 온 객인데 드릴 말씀이 있습니다."

지란이 나서서 이화의 처소를 향해 외치자 곧 방문이 열리고 화려한 비단옷에 머리에는 금빛 비녀를 꽂은 이화가 대청마루로 나왔다. 사람들은 마님이라고 불렀지만, 그녀는 꽤나 젊어 보였다. 이마는 팽팽하고 반듯했으며 눈은 크지만, 눈꼬리가 살짝 위로 올라가 만만치 않은 인상인데다 넓지도 좁지도 않은 오똑한 코는 얼굴의 균형을 잘 잡아주었다. 입술은 얇은 편이지만 붉고 단단해 미인이면서도 강한 인상을 주었다.

"둘씩이나 무슨 일인가?"

이화는 귀협과 지란을 스윽 훑어본 뒤 어딘가로 소리를 질렀다.

"여기 손님 두 분이 오셨으니 다과를 내오거라."

이화의 목소리를 들은 앳된 목소리의 여자가 냉큼 대답을 하고는 잠시 후 반상에 다과를 차려 대청마루에 올렸다. 귀협과 지란은 자연스럽게 대청마루에서 이화와 마주 앉았다.

"불편하지 않으시오? 평소에 입지 않던 옷이라 불편할 듯한데…. 자세도 힘들 거고."

이화는 귀협을 바라보며 재밌다는 듯 말했다.

'이런 단박에 알아보았구나.'

귀협은 어쩔 수 없이 자신이 남자임을 밝혔다.

"실은 내가 길에서 걸인을 하나 만났는데 그가 하는 말이 다향도에 가면 원하는 모든 걸 이루어 주는 도인이 있다고 하더이다. 그래서 내 청이 있어서 남자의 몸으로 여기까지 오게 된 것이오. 어쩔 수 없이 이런 차림을 한 것이니 너무 노여워 마시오."

이화는 알겠다는 듯 고개를 끄덕이다가 불현듯 질문을 던졌다.

"보아하니 무예도 좀 닦은 것 같고 나 못지않은 강한 기운도 있는 듯싶은데 뭐가 아쉬워 날 찾아온 게요?"

귀협은 잠시 머뭇거렸다. 믿고 말해도 될 상대일까 고민을 하는데 옆에 있던 지란이 불쑥 끼어들었다.

"실은 이 무사님은 반인반귀인데 온전한 사람이 되고 싶어 합니다. 혹시 그렇게 해주실 수 있는지요?"

"호오, 반인반귀라…. 어쩐지…."

이화는 진귀한 물건을 본 듯 귀협을 뚫어지게 바라보았다.

"내가 날씨도 만들고 파도도 만들고 남자도 여자도 만들어 이 섬에 살게 하는데 그것은 좀 어려울 듯싶소."

이화는 딱 잘라 말했다.

"아, 역시 그렇군요."

귀협은 아쉬운 듯 고개를 끄덕였다.

"그리고 그대는 남자라 이 섬에 머물 수 없으니 지체없이 섬을 떠나야 할 것이오. 옆에 있는 지란 낭자는 남으셔도 되고."

"아, 그것이 육지로 나가는 배가 닷새 후에나 오는데…. 아량을 좀 베풀어 주시면 안 될런지요? 신의주에서 여기까지 내쳐 말을 달리고 또 배를 타고 왔습니다."

"그러시다…?"

이화는 지란과 귀협을 번갈아 보더니 결정을 내린 듯 입을 열었다.

"그럼 지란 낭자는 마을에 있는 빈 기와집에서 지내시고 귀협 무사님은 야산 뒤에 작은 초가가 있으니 불편하더라도 그곳에 머물다 배가 도착하면 마을 사람들 몰래 떠나시오. 마을 규범이 그러하니 그것이 내가 베풀 수 있는 가장 큰 배려요."

귀협은 이화에게 감사를 표했다.

"이렇게 불쑥 찾아온 객을 배려해 주시니 감사할 따름이오."

인사를 마친 귀협과 지란은 돌아서 나왔고 그들의 뒷모습을 바라보는 이화의 눈에서는 반짝 빛이 일었다.

●

귀양 온 사람처럼 인적도 없는 초가집에서 혼자 생활하게 된 귀협은 섣부른 판단을 한 자신을 책망했다.

"내가 너무 욕심이 앞서 충분히 알아보지도 않고 이 먼 곳까지 왔구나. 내가 지은 업은 이렇게 쉽게 풀리지 않을 것인데…"

초가에 머물다 보니 막상 사람들과 외떨어져 지내는 것이 그리 나쁘지 않았다. 줄곧 지란과 동행을 한 탓에 혼자만의 시간이 부족했는데 이런저런 생각을 할 수 있어 좋기도 했다. 지란은 귀협이 외로움을 탈까 걱정해 오전에 한 번 오후에 한 번 먹을 것을 챙겨 그를 방문했는데 마을의 이야기도 함께 가져왔다.

"이 섬은 정말 초연이 말한 대로 지상낙원인 듯합니다."

"그래요?"

귀협은 지란이 가져온 감자를 한입 베어 물며 물었다.

"그렇다면 지란 낭자가 정착할 곳으로도 손색이 없겠군요?"

"지난번에 말씀드렸지 않습니까? 저는 이제 정착 같은 거 안 한다고. 귀협 무사님이 원하는 것을 이룰 때까지 옆에서 도울 작정입니다."

"이거 큰일이구려. 나는 늙지 않는데⋯. 지란 낭자는 시간이 갈수록 나이가 들 텐데 할머니가 돼서도 날 돕겠소?"

지란은 할머니가 된 자신의 모습을 상상하는 듯 잠시 허공에 눈을 고정하더니 씨익 웃음을 지었다.

"그리 나쁘지 않은데요? 사람들이 손자랑 같이 다니는 할머니쯤으로 여길 테지요."

"하여튼 지란 낭자도 대단하십니다. 하하."

다정히 이야기를 나누던 지란이 돌아가고 다시 홀로 남겨진 귀협은 설핏 낮잠이 들었다. 잠이 든 지 얼마 안 되었을 때 이상한 낌새가 느껴졌다.

'뭐지? 이 살기는!'

귀협은 자신에게 다가오는 살기를 느끼면서도 그대로 눈을 감고 있었다. 잠시 후 음산한 기운을 풍기는 검은 연기가 문틈을 비집고 들어와 귀협에게로 향했다. 귀협은 살짝 실눈을 뜨고 그것을 바라보다 서서히 몸을 일으켰다.

'아니, 저것은 사람의 몸을 휘감아 죽인다는 흑연이 아닌가? 흑연이 왜 이 섬에….'

생각을 다 마치기도 전에 검은 연기가 귀협의 몸을 감싸기 시작했다.

"어딜 감히!"

귀협은 옆에 두었던 비상검을 들어 검은 연기를 베었다. 연기는 흩어지는가 싶더니 이번엔 비상검으로 몰려들었다.

"이건 분명 악귀의 소행임에 틀림없다!"

밖으로 뛰쳐나온 귀협은 마치 춤을 추듯 검은 연기를 잘게 부숴 나갔다. 산산이 흩어졌던 연기는 다시 하나가 되어 긴 띠를 그리며 바다 쪽으로 날아갔다.

●

검은 연기를 쫓아보내고 방으로 들어온 귀협은 지란이 다시 초가에 오기를 기다렸다. 지란은 밤이 되어서야 귀협의 초가를 찾았다. 귀협이 지란에게 낮에 있었던 일을 이야기하려 했으나 지란이 먼저 입을 열었다.

"오늘 낮에 큰일이 있었습니다."

"네? 큰일이요?"

"다름이 아니라 배를 타고 고기잡이를 나갔던 여자 둘이 폭풍을 만나 섬으로 돌아오지 못했습니다."

"돌아오지 못했다면…?"

지란은 잠시 뜸을 들였다.

"사람들 말로는… 죽었을 거라고 합니다. 전 그저 낙원인 줄 알았는데 가끔 그런 일이 생긴다고 합니다. 다향도의 규칙을 어겨서 육지로 쫓겨나는 사람들과 바다에서 폭우를 만나 사라지는 사람들을 어림잡으면 한 달에 족히 두셋은 된다고 합니다."

"한 달에 두셋씩이나요? 이 섬 주민이 몇이나 된다고. 그렇게 해서 섬이 유지가 될런지…"

"우리처럼 소문을 듣고 찾아오는 사람들이 꽤 많다고 합니다. 그러니 한 달에 두세 명씩 사라져도 인구는 계속 느는 추세라고 합니다."

귀협은 납득이 안 간다는 고개를 좌우로 흔들었다.

"그렇다 해도 너무 큰 비중인데…. 규칙을 어겨 쫓겨나는 사람에, 파도에 휩쓸려 죽는 사람까지…"

"섬에 들어올 때 파도가 참 잔잔하다 생각했는데 역시 바다는 무서운 곳입니다."

"그렇게만 여길 게 아닌 듯 싶습니다."

귀협은 잠시 생각에 잠긴 듯 멍하니 있다가 지란을 쳐다봤다.

"지란 낭자, 부탁이 있소이다. 잠깐 몸 좀 빌립시다!"

"네?"

귀협은 지란의 영혼을 빼내 자신의 육신에 넣고 자신은 지란의 몸에 들어갔다. 그리고 혹시나 검은 연기가 올 것을 대비해 지란의 손에 비상검을 쥐어주었다.

"어차피 내가 지란 낭자의 모습으로 마을에 갈 것이니 이 검은 필요가 없소. 혹시 검은 연기가 나타나면 이 비상검을 사용하시오. 알아서 해결해 줄 것이오."

귀협의 몸에 들어가 마음이 편치 않았던 지란은 비상검을 보고 얼굴에 미소가 피어올랐다.

"참으로 영묘한 검입니다. 이렇듯 손에 쥐고만 있어도 기분이 좋아지는 걸 보면."

"후후, 그렇소?"

귀협은 만족스럽다는 듯 지란의 손에 들린 비상검을 스윽 보고는 서둘러 마을로 향했다.

●

지란의 거처에서 아침을 맞은 귀협은 간밤에 섬에 도착했다는 한 무리의 여자들을 보고 깜짝 놀랐다.

'아니, 저 여자들은 조선이 아닌 다른 나라의 여인들이 아닌가?'

지란의 모습을 한 귀협이 멍한 눈으로 그 모습을 보고 있자 초연이 다가왔다.

"우리 다향도의 명성이 이제 다른 나라에도 널리 퍼진 모양이오. 저렇게 사람들이 밀려 들어오는 걸 보면. 하긴, 그럴 수밖에 없지요. 우리같이 천대받는 여인들이 조선에만 있지는 않을 터이니."

"그래도 저는 어제 고기잡이를 나갔다 풍랑을 만난 그들처럼 파도에 휩쓸려 죽을까 그것이 두렵습니다."

초연은 귀협의 말에 웃음을 터뜨렸다.

"파도에 휩쓸려 죽는 자들은 필시 마음속에서 부정한 생각을 했거나 다른 이들 몰래 부정 탈 일을 했을 것이오. 그러니 우리 착한 지란 낭자는 걱정 안 하셔도 됩니다."

"아, 그럴까요? 그런데 부정 탈 일이라면…."

"다른 이를 미워하는 마음이나 남의 것을 탐하는 마음, 그런 것이라고 이화 마님이 말씀하셨소. 잔잔하던 파도가 거세질 때는 이유가 있지 않겠소? 인간의 악한 마음이 화를 부르는 거지요. 그러니 매일 수양하고 순수한 마음으로 살면 절대 나쁜 일은 일어나지 않을 겁니다. 나는 오히려 파도에 휩쓸리거나 규칙을 어겨 사라지는 사람들이 있다는 걸 다행이라 여깁니다."

"정말 그리 생각하십니까?"

귀협이 자신도 모르게 목소리를 높였다.

"당연하지요. 그것이 바로 이화 마님이 늘 말씀하시는 세상의 이치입니다. 더러운 것은 사라지고 순수한 것만 남게 되는, 일종의 순화지요."

귀협은 더 이상 묻지 않았다.

'아무래도 이 섬에 큰 문제가 있는 듯하구나. 그 검은 연기로 봐서 분명 어딘가에 악귀가 존재한다는 건데…'

열 명이 넘는 사람들이 한꺼번에 마을로 들어와 북적거리는 가운데 귀협은 초연과 함께 바다로 나가게 되었다.

"첫 번째 고기잡이를 나처럼 오래 단련된 사람과 같이 가게 되어 다행인 줄 아시오."

초연은 잘난 체를 하며 나무를 짜 만든 고기잡이배의 노를 저었다. 귀협은 지란이 아닌 자신이 배에 타게 되어 다행이라 생각했다.

'필시 사람들이 많이 들어왔으니 악귀가 또 희생자를 만들려고 할 가능성이 높다. 그런데 도대체 왜 사람들을 바다에서 해하는 걸까? 용왕에게 제라도 지내는 것인가?'

귀협의 궁금증이 풀리는 데는 그리 오랜 시간이 걸리지 않았다. 배가 잔잔한 바다로 나간 지 얼마 되지 않아 파도가 일렁이기 시작했다.

"허억, 이거 왜 이러지? 지란 낭자, 혹시 불손한 마음을 품고 있다면 어서 거두시오!"

초연이 당황하여 다급히 말했다.

"그 때문이 아닌 듯합니다. 저길 보십시오!"

귀협이 안개에 가려진 앞쪽을 가리키니 그곳에는 거대한 돛이 달린 배 한 척이 있었다. 그것은 위풍당당하게 귀협이 탄 작은 고깃배로 다가오고 있었다.

"저것 때문에 파도가 이는 것입니다. 보아하니 물고기를 잡는 배 같지는 않은데…."

귀협이 이야기하는 도중에도 커다란 배가 그들을 향해 빠르게 다가왔다. 잠시 후 그 배에서 작은 쪽배가 내려지더니 두 명의 장정이 차례로 올라타 귀협의 배 쪽으로 다가왔다. 꽤나 배짱이 있어 보이던 초연의 손이 부들부들 떨렸다.

"저들은 노략질을 일삼는 해적들 아닌가?"

귀협은 고개를 저었다.

"자세히 보니 해적은 아니고 상인들 같습니다. 노예 상인!"

"뭐라고? 노예 상인이라니, 어찌하여 그렇단 말인가?"

"저 배 위를 보십시오. 잡혀 있는 여인들이 있지 않습니까?"

귀협의 손가락이 가리키는 곳을 본 초연의 얼굴이 파랗게 질렸다.

"허억, 저, 저기 어제 파도에 휩쓸려 죽었다는 선덕이와 영현이가 묶여 있잖아?"

"이제야 이해가 가는군요. 이화 마님이 왜 다향도에 여자들만 살게 하는지…."

귀협의 말에 초연의 눈빛이 멍해지는데 벌써 노예 상인들이 그들의 배로 올라왔다. 한 녀석은 온 얼굴에 수염을 길렀고 나머지 한 녀석은 머리에 때가 낀 두건을 했다.

"어서 가자. 이것들아!"

그들은 장검으로 귀협과 초연을 위협했다. 초연은 사시나무 떨듯 벌벌 떨었지만 귀협은 여유로웠다. 비록 비상검이 없다 하나 보통의 인간 정도는 자신이 있었다.

"너희 대장에게 가서 고해라. 지금 도망치지 않으면 나에게 모두 죽임을 당하게 될 것이라고!"

고운 여인의 얼굴을 한 귀협이 큰소리를 치자 수염을 기른 남자는 배를 잡고 웃었다.

"네가 너무 두려워 실성을 했구나. 걱정 말거라. 아주 돈 많은 부잣집 대감에게 시집을 가게 될 테니, 후후."

그의 말이 끝나자마자 가만히 서 있던 귀협의 발이 직선으로 쭉 뻗쳐 수염 기른 남자의 턱을 적중시켰다. 녀석이 바닥에 고꾸라져 정신을 잃자 귀협은 그가 떨어뜨린 장검을 들어 막 자신에게 달려드는 두건 쓴 녀석의 검을 바다로 날려버리고 그를 제압했다. 귀협은 초연을 배에 남기고 남자들이 타고 온 배에 올라타 두건을 쓴 녀석에게 본선을 향해 노를 젓게 했다. 두건을 쓴 녀석은 열심히 노를 저어 본선에 댔고 귀협은 큰 배의 갑판에 올랐다.

"허허, 아주 볼만한 규수가 다향도에 있었구만!"

큰 배의 선장으로 보이는 배불뚝이가 제법 여유를 부리며 지란의 모습을 한 귀협에게 다가왔다.

"지금이라도 모든 죄를 빌고 용서를 구해라. 그리고 배 안에 있는 여인들을 모두 풀어주어라."

"하, 볼수록 매력이 넘치는 낭자로군! 이런 기세라면 대륙의 황제에게 갖다 바쳐도 되겠구만. 큰돈이 되겠어! 으하하하!"

배불뚝이 선장은 귀협에게 바짝 다가왔다. 그리고 귀협의 턱을 한 손으로 쥐었다.

"이 정도 미모에 검도 다룰 줄 알고 기세도 좋으니 황제의 장난감으로 손색이 없겠구나!"

귀협은 별말 없이 씨익 웃다가 한 손으로 녀석의 뺨을 후려갈겼다.

"컥!"

선장은 볼품없이 갑판을 데구르르 굴렀다.

"이번에는 뺨이지만 다음에는 네 목숨이다!"

귀협이 서슬 퍼런 검을 허공에 스윽 그었다. 그 위세가 어찌나 강했던지 귀협을 공격하려던 선원들이 하나같이 뒤로 물러날 정도였다.

"뭣들 하느냐? 저 발칙한 것을 당장 요절내지 않고!"

선원들 앞에서 체면을 구긴 배불뚝이 선장이 고함을 치자 물러섰던 선원들이 한꺼번에 귀협에게 달려들었다. 귀협이 비록 지란의 몸에 들어가 있는 상태라고 하나 그저 인간에 불과한 그들이 반인반귀의 신출귀몰한 검을 당해낼 수는 없었다. 그들은 마치 추풍낙엽처럼 갑판에 널브러졌다. 굳이 살생을 원하지 않는 귀협이었기에 그들 모두 귀협의 칼등에 맞아 기절하거나 팔과 다리가 부러졌다. 마지막으로 남은 건 선장이었다. 귀협은 그에게 검 끝을 겨누었다.

"똑바로 말해라. 그러지 않으면 네 목숨 하나만큼은 내가 용왕에게 바칠 것이다!"

귀협의 신들린 검술을 목격한 선장은 이미 싸울 의지를 잃은 상태였다.

"뭐든 말씀하십시오."

"얘기해라! 다향도의 여인들을 너에게 보낸 자가 누구냐?"

"아, 그게…."

"이화 마님이 맞느냐?"

그제야 선장은 이실직고했다.

"예. 한 달에 한두 번 저희가 다향도 근처에 갑니다. 그때 이화 마님이 여인들을 보내면 저희는 그들을 데려가 대륙이나 다른 섬나라에 팔아 넘깁니다. 그 이문은 이화 마님과 절반으로 나누고 있습죠."

"호오, 그렇구나. 이제 알겠다."

귀협은 그들에게 붙잡혀 있던 다항도의 여인들과 또 다른 곳에서 잡혀온 여인들을 모두 풀어주고 거꾸로 선원들과 선장을 포박하게 했다.

"이제 이 배는 그대들의 것이오. 이들을 죽이든 관아로 데려가든 알아서 하시오. 배를 조정할 수 있겠소?"

"할 수 있습니다. 제 아비가 뱃사람이라 문제없습니다!"

한 여인이 힘차게 대답하자 귀협은 안심하고 자신이 타고 왔던 배로 돌아왔다.

●

섬으로 돌아온 귀협은 바로 지란에게 달려가 자신의 몸을 되찾은 후 그녀와 함께 이화 마님 집으로 들이닥쳤다. 혼자 있을 거라는 귀협의 예상과 달리 이화 마님은 그녀를 추종하는 무리들에 둘러싸여 대청마루에 앉아 있었다. 거기에는 놀랍게도 초연도 끼어 있었다.

"아니, 초연 그대는 그 노예 상인들과 여인들의 몰골을 보았음에도 이화의 편에 선단 말이오?"

귀협의 말에 초연이 아닌 이화가 나섰다.

"이런 사악한 녀석을 보았나? 내가 미처 몰랐지만 이제 보니 네 녀석은 환영을 부리는 악귀로구나!"

이화는 귀협에게 모든 죄를 뒤집어씌우려는 듯했다.

"어림없는 소리! 사람들을 현혹해 상인에게 팔아넘긴 이화 네가 악귀가 아니고 무엇이냐? 네 뒤로 흐르는 검은 기운을 내가 모를 것 같으냐? 그 검은 연기는 바로 재물귀의 흑연일 것이다!"

귀협이 이화에게 달려들자 그녀를 따르던 무리들이 인의 장벽을 쳤다.

"모두 비키시오. 그대들은 저 악녀에게 속고 있소. 재물에 대한 욕심이 넘치는 재물귀가 이화의 몸 속에 또아리를 틀고 있소. 그러니 어서 물러나시오. 안 그러면 다칩니다!"

귀협이 아무리 소리쳐도 여자들은 이미 세뇌가 된 상태라 물러나지 않았다. 보다 못한 지란이 나서서 힘으로 그녀들을 떼어냈다. 여자들이 하나 둘씩 지란의 완력에 떨어져 나가자 이화는 더 이상 안 되겠는지 본색을 드러냈다. 그녀의 몸 주위로 스멀거리던 검은 연기가 완전히 그녀를 감싸더니 그 연기가 주위로 퍼져 집안 전체를 암흑의 세상으로 만들었다.

"아, 아무것도 안 보인다!"

귀협은 아예 눈을 감고 마음의 빛으로 상대의 움직임을 살폈다.

"나에게 다가오고 있다… 점점… 커억!"

귀협의 예상보다 빨리 이화의 검은 연기가 귀협의 코와 귀로 스며들었다. 그것은 귀협의 몸속으로 들어가 오장육부를 뒤틀리게 했다.

"커어어억, 너무도 고통스러워 움직일 수가 없어!"

귀협이 소리치자 그 소리를 들은 지란이 달려와 짐작으로 귀협의 몸을 더듬어 잡았다.

"일단 연기를 피해 뒤로…"

지란도 그만 검은 연기를 마시고 바닥에 쓰러지고 말았다.

"하아, 이대로는 힘든데…"

귀협마저 바닥에 쓰러지자 여유를 되찾은 이화가 검은 연기를 거두고 위에서 귀협을 내려다보았다.

"네 녀석의 몸으로 옮겨가는 게 나을 것 같구나. 이 연약한 여인의 몸보다는 반인반귀의 몸이 훨씬 더 좋아 보이는구나!"

이화의 몸에 들어있던 재물귀가 이제 귀협을 장악하고 싶은 듯했다.

"누구 맘대로…"

소리도 제대로 못 지를 만큼 나약해진 귀협에게 공포가 찾아왔다.

'이 영생의 몸을 재물귀에게 빼앗긴다면 무슨 일이 벌어질까? 힘을 내야 하는데…. 너무도 고통스럽구나.'

귀협의 의식이 희미해질 무렵 갑자기 재물귀의 뒤에서 누군가 고함을 지르는 듯한 소리가 들렸다.

"이야아앗!"

그것은 다름 아닌 초연이었다. 초연은 어디서 구했는지 번뜩이는 낫을 들고 달려와 재물귀의 머리통을 정확히 내리쳤다.

"커어어억!"

불의의 일격을 받고 휘청거리던 재물귀는 본능적으로 기운을 차리기 위해 귀협과 지란에게 보냈던 검은 연기를 다시 이화의 몸으로 불러들였다. 그 바람에 재물귀는 기운을 차렸으나 동시에 귀협도 기운이 돌아왔다는 걸 재물귀는 미처 깨닫지 못했다. 귀협은 그 틈을 놓치지 않고 허공을 날아 재물귀에게 달려들었다.

"이얏!"

귀협의 비상검이 허공에서 번쩍이며 재물귀의 몸통을 사선으로 그었다.

"크어어억!"

재물귀는 바닥에 쓰러졌고 검은 연기가 이화의 몸에서 빠져나오기 시작했다.

"이번에는 놓치지 않으리!"

귀협은 비상검을 하늘 높이 쏘아 올렸다.

"비검유상!"

귀협이 주문을 외자 위로 솟구쳤던 비상검이 쏜살같이 아래로 내려와 힘이 빠진 재물귀의 검은 연기를 눈에 보이지도 않을 만큼 잘게 부쉈다. 그 사이 귀협은 미리 바닷가에서 챙겨온 모래를 허공으로 흩뿌렸다. 검은 연기는 귀협이 흩뿌린 모래알 하나하나에 각기 들러붙어 떨어져 내렸다.

"재물귀! 다시는 세상으로 못 나오게 할 것이다!"

귀협은 그 모래들을 모아 주머니에 넣은 후 깊은 바다에 수장시켰다.

●

귀협과 치른 격전으로 이화는 재물귀와 함께 생을 마감하고 다향도에는 이화를 따르던 여인들만 남았다. 하룻동안 휴식을 취한 귀협과 지란은 떠날 채비를 했다. 그들은 떠나기에 앞서 마을에서 초연을 만났다.

"어제는 참으로 고마웠습니다. 그런 계략을 갖고 계신 줄 모르고 처음엔 오해했습니다. 어쨌거나 앞으로 어떻게 하실 생각이십니까?"

위기로부터 자신을 구해준 초연에게 귀협이 정중히 물었다.

"글쎄요. 저는 이 섬이 좋아 계속 살고 싶은데…. 제 동무들도 이곳에 남고 싶어 하구요. 아마도 전과 달라지는 건 별로 없을 듯합니다. 이 섬에 오고 싶어 하는 사람들이 있다면 남녀 구별 없이 받을 생각이구요."

"오호, 그래요?"

"네. 하루종일 생각해 봤는데 여자들만 산다고 좋은 것도 아닌 듯합니다. 서로를 배려하는 마음만 있다면 남녀의 구별이 무의미하다는 생각이 들었습니다."

귀협은 그녀의 의견을 존중한다는 듯 고개를 끄덕였다.

"어떻게 꾸려가든 이제 다향도의 주인은 여러분 모두입니다. 굳건히 지켜내시고 평안하시길 바랍니다."

귀협과 지란은 짧은 시간이었지만 정들었던 다향도 사람들을 뒤로하고 뱃사공 천석의 배에 올라탔다.

"어떻게, 다향도 구경은 잘 하셨습니까? 눌러살지는 않으시고? 한 분은 남자라 힘들다고 하지요?"

뱃사공 천석이 이것저것 물었지만 귀협과 지란은 배시시 웃을 뿐 아무 대답도 하지 않았다. 그저 멀어져가는 다향도를 가끔 돌아볼 뿐이었다.

Preview

퇴마사 안드레아

그것의 정체 /

동남시 변두리 야산, 40대 후반으로 보이는 건장한 남자가 머리가 희끗희끗한 노인에게 목이 잡혀 대롱대롱 공중에 매달려 있다. 노인은 근육질의 팔로 거뜬히 그를 들어 올려 목을 조였다.

"쓸데없이 예민한 눈을 가져 명을 재촉했구나!"

노인의 힘을 당해내지 못한 남자는 끝내 손에 들고 있던 사진기를 바닥에 떨어뜨리고 고통에 찬 비명을 질러댔다.

"으아악!"

하지만 깊은 산속에서 그의 비명을 듣는 이는 아무도 없었다. 남자가 기절하자 노인은 그의 몸에 있는 혈액을 모두 흡수한 후 만족스러운 얼굴로 느긋하게 산에서 내려갔다.

●

　중견 사진작가 이필립은 주로 야생화를 주제로 한 작품을 찍어 왔다. 오랜 시간 몸을 사리지 않고 야생 지역을 찾아다닌 까닭에 그는 제법 이름난 포토그래퍼가 되었다. 그럼에도 그는 여전히 알려지지 않은 야산이나 험지를 찾아다니며 작업을 했다. 그가 즐겨 찾는 곳 중 희귀한 야생화로 유명한 용화산 자락의 야산이 있는데 그곳에 사진 촬영을 갈 때마다 꼭 들르는 가게가 있었다. 다름 아닌 오래된 설렁탕집, 대학 시절부터 가던 곳이니 벌써 30년 가까이 됐다. 그는 용화산 부근에서 촬영하면 늘 그 노포에 들러 식사했다. 식당 규모는 크지 않았지만, 옛날 설렁탕 맛을 한결같이 유지하는 꽤 괜찮은 식당이었다. 설렁탕집의 유일한 단점이라면 해가 지기 전에 식당 문을 닫는다는 것이다. 대부분 식당은 영업시간을 정해 놓고 장사를 하지만 이곳은 해가 뜨면 영업을 개시하고 해가 지면 문을 닫는다. 그래서 계절마다 식당을 열고 닫는 시간이 매번 달라진다. 식당 휴점일은 등산객이 적은 월요일과 화요일 이틀이다.
　얼마 전 이필립은 오랜만에 용화산 자락 야산을 찾았다. 초가을 풍경을 카메라에 담은 후 늘 그랬듯 단골 설렁탕집에 들른 그는 창가 자리에 자리를 잡고 앉아 설렁탕을 주문했다. 그리곤 익숙하기 그지없는 가게 내부를 무심히 둘러보던 중 불현듯 전에 없던 의심이 머리를 스쳤다. 서빙을 하는 가게 주인의 얼굴을 봤을 때였다.

'어, 그리고 보니 내가 이 가게에 처음 왔을 때 저분 나이가 오십 정도 돼 보였는데 그동안 하나도 안 늙었네? 30년 가까이 지났으니까 지금 나이가 팔십은 됐을 텐데 피부도 팽팽하고 주름 하나 없어. 몸도 그때와 마찬가지로 근육질이고. 하아, 이 힘든 식당 일을 하면서 어떻게 저럴 수가 있지?'

그는 포토그래퍼답게 날카로운 눈으로 그의 외모를 찬찬히 뜯어봤다.

'아무리 봐도 예전과 변한 게 없어 보이는데?'

필립의 의심대로 가게 주인 고두삼은 목소리도 피부도, 심지어 걷는 자세조차 그대로였다.

'나이가 들면 목주름 정도는 생기게 마련인데 목도 깨끗하네. 산에서 불로초라도 캐 드시나?'

필립의 눈길을 의식했는지 주인 고두삼은 설렁탕을 내오며 한마디 했다.

"제 얼굴에 뭐라도 묻었습니까?"

평소와 달리 섬뜩거리는 고두삼의 눈빛에 필립은 저도 모르게 기세가 눌렸다.

"아니, 워낙 젊어 보이셔서요. 전 이렇게 속절없이 늙어가는데 사장님은 세월을 비껴가는 것 같아서, 혹시 비결이 있나 해서요. 하하."

필립의 말에 고두삼은 너털웃음을 지었다.

"비결이 따로 있겠습니까? 이게 다 믿음에서 나온 거지요."

"믿음이요?"

필립이 되물었지만, 주인은 이미 주방 안쪽으로 들어가고 있었다.

'믿음? 종교가 있는 모양이네. 그렇다고 해도 저렇게까지 젊음을 유지하다니, 놀랍네.'

생각에 잠겼던 필립은 앞에 놓인 설렁탕을 보자 허기가 밀려와 허겁지겁 먹기 시작했다.

·

밥을 든든히 먹고 산을 내려온 필립은 주차장에 세워 둔 자신의 SUV에 오르다 문득 핸드폰이 없다는 사실을 깨달았다. 테이블 옆에 두었던 메인 카메라를 챙기느라 핸드폰을 깜빡한 모양이었다.

"하, 이거 난감하네. 내일은 아침 일찍 남해로 출발해야 하는데. 아직 해 지기 전이니까 문 닫기 전에 얼른 올라가 보자."

그는 서둘러 설렁탕집으로 달려갔다.

"아, 문을 닫았잖아? 이걸 어쩌지?"

그는 잠시 식당 앞을 서성이다 어쩔 수 없이 발길을 돌렸다. 내일 날이 밝는 대로 다시 와야겠다고 생각하며 등산로로 들어서는데 식당 뒤쪽 숲에서 언뜻 주인의 모습이 보였다. 평소와 달리 말끔히 차려입은 모습이지만 주인이 틀림없었다.

"사장님!"

필립이 고두삼을 부르자 그가 걸음을 멈추고 돌아서서 가만히 이쪽을 바라봤다. 필립은 다급히 그에게로 달려갔다.

"사장님이 계셔서 다행이네요. 제가 가게에 핸드폰을 두고 와서요. 죄송한데 가게 문 좀 잠깐…."

"그건 힘들겠습니다. 내일 다시 오세요."

필립이 말을 끝내기도 전에 고두삼이 단호한 말투로 답했다.

"아니, 잠깐이면 되는데 양해를 좀…."

주인에게 다가서며 간절히 부탁하던 필립이 놀란 눈으로 멈춰섰다. 주인의 모습이 어딘가 달라 보였다. 이목구비는 그대로지만 얼마 전과 비교하면 전혀 다른 느낌의 사람이었다. 사진작가로서 사물이나 빛에 대한 인식이 유독 뛰어났던 필립은 의아한 눈초리로 낯선 느낌의 그를 바라보았다. 고두삼 역시 유심히 필립의 얼굴을 들여다봤다.

"나이가 좀 들긴 했지만, 아직 쓸 만한 피를 가진 것 같구만."

"네, 그게 무슨?"

필립은 심상치 않은 분위기를 감지하고 슬쩍 뒤로 물러섰다.

"우리 가게 단골손님이라 웬만하면 그냥 두려고 했는데 당신은 호기심이 너무 많아. 오늘은 공연히 먹잇감을 찾아 나설 필요 없이 자네로 해결해야겠구만."

말을 마치자마자 고두삼은 필립의 목을 움켜잡았다.

"어, 왜 이러세요?"

필립이 떨리는 목소리로 물었지만, 고두삼은 아무 대꾸 없이 그의 목을 비틀어 버렸다. 그리곤 마치 충전기를 꽂은 듯 온몸의 세포로 그의 피를 빨아들였다.

·

오랜만에 안드레아의 집에 의뢰인이 찾아왔다. 안드레아는 20대 초반으로 보이는 여자를 거실 소파에 앉히고 누구의 소개로 왔는지 물어보았다.

"인터넷 검색해서 찾아왔어요. 블로그 보고요."

"블로그요?"

안드레아가 의아한 눈빛으로 되묻자, 옆에 있던 주호가 끼어들었다.

"아, 그거 보고 오셨어요? 하하. 스승님, 제가 며칠 전에 인터넷에 블로그를 만들었거든요."

안드레아는 전혀 모르는 일이었다.

"그게 무슨…"

안드레아는 의뢰인에게 양해를 구하고 주호를 방으로 데려가 왜 허락도 없이 그런 일을 벌였는지 추궁했다.

"요즘 퇴마 일이 너무 안 들어와서 며칠 전에 블로그를 하나 개설했는데 생각보다 반응이 엄청 빠르네요? 하하, 블로그 이름은 '무엇이든 퇴마해 드립니다.'예요. 어때요, 멋지죠?"

안드레아는 갑자기 두통이 밀려와 뒷머리를 잡았다.

"우리가 심부름센터도 아니고 무엇이든 퇴마를 해준다니, 그것도 나랑 상의도 없이 네 멋대로…."

"아, 그게…. 조만간 말씀드리려고 했는데 이렇게 빨리 손님이 올 줄 몰랐어요. 일단 지금은 의뢰인 얘기부터 들어요, 스승님. 그 사람 표정이 굉장히 심각하던데요."

안드레아는 끄응 숨을 삼켰다.

"좋아. 나중에 다시 얘기하자."

안드레아는 주호를 흘깃 곁눈질로 보고는 거실로 나가 의뢰인을 상대했다.

"실은 저희 아버지가 용화산에서 이루 말할 수 없이 처참한 몰골로…. 흐윽….”

그녀의 말투나 행동으로 보아 전혀 상식적이지 않은 일이 벌어진 게 분명했다. 안드레아는 인간의 영역이 아닌, 귀신이나 요괴와 관련된 일임을 직감했다.

“아버님이 어떻게 돌아가셨습니까?”

안드레아는 굳은 표정으로 물었다.

“피가 다 뽑힌 채로 가죽만 남으셨어요, 흐윽.”

“허억, 정말이요?”

어느새 안드레아 옆으로 다가온 주호가 눈을 크게 뜨며 물었다.

“네. 경찰이 수사를 하고 있긴 한데 전혀 진척이 안 되고 있어요. 게다가 아버지 영혼이 자꾸 나타나서 제게 한을 풀어 달라고 하시니 어떻게 해야 할지 모르겠어요, 흐윽.”

안드레아는 골똘히 생각에 잠겼다가 입을 뗐다.

“현장에 직접 가봐야 알겠지만, 만약 인간이 아닌 악귀의 짓이 맞다면 보통 악귀는 아닐 겁니다.”

“그럼, 뭐예요?”

또 주호가 끼어들었다. 안드레아는 주호에게 가만히 좀 있으라고 슬쩍 눈치를 준 뒤 의뢰인에게 말했다.

“아무래도 인간을 숙주로 삼는 악귀의 소행 같습니다.”

“인간을 숙주로 삼아요? 근데 귀신들은 다 인간을 숙주로 삼는 거 아닌가요?"

어느 정도 진정한 의뢰인이 되물었다.

"이번 악귀는 좀 다른 것 같습니다. 일반적인 악귀들은 인간을 옮겨 다니며 육신을 빌리는 데 반해 이 악귀는 단 한 사람만을 숙주로 삼는 녀석으로 추정됩니다. 굳이 이름을 붙이자면 인박령 정도가 되지 않을까 싶은데. 사람들의 피를 빨아먹는다면 그것일 가능성이 큽니다. 아무튼 정확한 건 용화산에 가봐야 알 것 같습니다. 제가 아버님을 죽인 악귀를 꼭 찾아내서 요절내도록 할 테니 걱정하지 말고 돌아가 계십시오."

안드레아는 어느 때보다도 확신에 찬 어조로 말했다. 그만큼 안드레아는 그 악귀에 대해 잘 알고 있었다.

•

의뢰인이 돌아간 후 주호가 안드레아에게 꼬치꼬치 캐물었다.

"지박령은 들어봤어도 인박령은 처음 들어보는데 도대체 그게 뭐예요?"

"굳이 이름을 붙이자면 그렇다는 거고, 실은 흔치 않은 악귀라 이름도 없어. 한 인간과 계약을 맺어 그 육신에만 머무니 편의상 내가 그렇게 부른 거지."

주호는 잘 이해가 안 되었다.

"계약이라는 건 또 뭐예요?"

"음, 그건 악귀가 자신과 잘 맞는 인간을 골라 계약한다는 뜻이야. 드물긴 하지만 인간 쪽에서 악귀를 불러들이는 경우도 있고. 일단 악귀와 인간이 계약을 맺고 나면 그 인간은 악귀가 소멸되지 않는 한 영원한 삶을 살 수 있지."

주호는 고개를 절레절레 흔들었다.

"그래봤자 악귀에게 점령당한 신세인데 영생이 무슨 소용이죠?"

"후훗, 그렇게 간단치가 않아. 인박령이 독특한 건 해가 떠 있는 동안에는 인간이 본인 육신의 주체가 되고 해가 지면 악귀가 육신을 관할해. 그래서 내가 계약이라고 했던 거야. 인간 입장에서는 하루의 절반을 인간으로 살면서 영생을 누리는 거고 악귀는 밤에 그 육신으로 활동을 하니 서로 합의가 된 셈이지."

"아, 나쁘지 않은 조건이네요?"

주호는 자신도 모르게 툭 말을 뱉었다.

"주호 너, 악귀의 먹잇감이 될 가능성이 농후한데?"

"아, 이건 실수예요. 저도 안다고요. 그 영생이란 게 다른 사람의 목숨을 빼앗아 유지된다는 걸요.

"그래, 주호야. 그래서 그들이 악이라는 글자를 달고 사는 거야."

말을 마친 안드레아는 창가로 다가가 어둠에 싸인 동남시를 물끄러미 바라보았다.

•

　다음 날 안드레아와 주호는 의뢰인으로부터 발견 당시 이필립의 사진을 전송받았다. 사진 속 그의 시신은 수분이라고는 전혀 찾아볼 수 없는 상태였다.
　"그 악귀의 짓이 분명한 것 같군. 온몸의 피를 한 방울도 안 남기고 다 가져갔어."
　사진을 뚫어지게 바라보던 안드레아는 곧장 용화산으로 출발했다.

•

　안드레아는 이필립의 시신이 발견된 용화산 자락 야산 중턱에 올랐다.
　"짙은 악귀의 기운이 느껴져."
　안드레아는 두 손을 활짝 벌려 현장의 기운을 빨아들였다.
　"그런데 스승님, 이필립 씨 시신을 찾은 게 강아지였다죠?"
　안드레아는 고개를 끄덕였다.
　"등산객이 데려온 강아지가 냄새를 맡으면서 계속 한곳에 머물자, 주인이 이상하게 생각하고 거길 파 봤대. 그렇게 밝혀지지 않았다면 그는 아마 실종 상태로 영원히 묻혔을 거야."

"이렇게 실종된 사람이 꽤 되겠죠?"

"아마 그렇겠지. 인간의 범죄도 엄청난데 거기다 악귀들까지 한 몫하니, 하아."

안드레아는 현장 근처를 샅샅이 살펴보았다. 하지만 악귀가 숨어 있을 만큼의 강렬한 기운이 나오는 곳은 찾아내지 못했다.

•

점심때가 한참 지났는데도 안드레아가 계속 야산 주변을 맴돌자, 주호는 주린 배를 움켜잡고 투덜댔다.

"스승님, 배에서 밥 달라고 난리예요."

"녀석 하고는."

안드레아는 대수롭지 않게 반응하고는 다시 악귀를 찾기 위해 산기슭을 올랐다. 주호는 더는 못 참겠다 싶어 슬쩍 안드레아의 시야에서 벗어나 산 아래쪽으로 향했다. 등산로를 따라 내려가다 보니 얼마 못 가 낡은 식당이 보였다.

"어, 이런 산속에 밥집이 다 있네? 하하, 그것도 내가 제일 좋아하는 설렁탕집이."

주호는 냉큼 안드레아에게 전화를 걸어 산 중턱에 식당이 있다고 알렸다. 그제야 안드레아도 식사하러 내려왔다.

'산중에 설렁탕집이라. 특이하네.'

안드레아는 설렁탕집 주변을 살펴보고는 노포의 분위기를 한껏 풍기는 식당 안으로 들어갔다. 식당 내부에는 총 네 개의 입식 테이블과 두 개의 좌식 테이블이 놓여 있었다. 방에 마련된 좌식 테이블에는 등산객으로 보이는 일행 여럿이 수육에 소주를 마시고 있었다. 안드레아와 주호는 홀 식탁에 앉아 설렁탕과 수육을 주문했다.

"스승님, 우리도 막걸리 한잔할까요?"

"이 녀석, 언제 악귀하고 맞닥뜨릴지 모르는 상황에서 술이라니. 생각이 있는 거야, 없는 거야?"

"네, 스승님."

안드레아의 엄한 말투에 풀이 죽은 주호는 주문한 음식이 나오자 금세 얼굴이 펴져 마구 설렁탕을 흡입했다. 안드레아는 밥을 먹으면서도 한쪽 손바닥을 펴 주변 기운을 느꼈다.

'보통 기운이 아닌데? 설마 여기가 악귀의…'

안드레아가 점점 심증을 굳혀가는데 주방과 홀을 오가던 식당 주인이 주방 안쪽에 가만히 서서 안드레아 쪽을 응시하는 게 느껴졌다.

'이런, 상대가 눈치챈 것 같은데.'

안드레아가 흘낏 주방 쪽을 쳐다보자, 주인이 휙 몸을 돌렸다. 그의 뒷모습을 본 안드레아는 식당 주인이 악귀의 숙주라는 걸 확신했다.

'붉은 기운이 온몸을 감싸고 있어. 저 정도면 몇백 년, 아니 천 년 이상 된 악귀일 지도 몰라.'

안드레아는 긴장을 늦추지 않고 천천히 식사를 마쳤다. 계산대 앞에서 악귀의 숙주와 일 대 일로 마주쳤지만, 그는 히죽 웃으며 돈을 받을 뿐 별다른 행동을 하지 않았다. 식당 밖으로 나온 안드레아는 긴장을 풀 듯 깊은 한숨을 내쉬었다.

"스승님, 어디 안 좋으세요?"

"주호야, 저 식당 안에서 느껴진 거 없니?"

"느낀 거요? 아, 설렁탕이 진짜 진국이었어요. 수육도 잡내 하나 없는 게 국내산 맞는 것 같아요."

"으이그, 아무튼 일단 내려가자!"

안드레아는 서둘러 산 아래로 내려가며 주호에게 상황을 알려 주었다.

"아무래도 그 식당 사장이 악귀의 숙주인 것 같다."

"네? 그 머리 희끗한 주인이요?"

주호가 깜짝 놀라 눈을 동그랗게 떴다.

"그럼, 우리가 악귀의 소굴에서 밥을 먹었다는 거예요?"

"그렇지, 너의 그 시도 때도 없이 찾아오는 허기가 행운을 가져다준 셈이야."

"아, 그런가요?"

주호는 겸연쩍은 표정으로 머리를 긁적였다.

안드레아와 주호는 식당 문을 닫을 시간인 해질녘이 되기를 기다렸다.

"그냥 지금 확 치고 들어가면 안 돼요?"

"그래봤자 숙주만 처리하는 꼴이야. 악귀가 숙주의 몸을 완전히 지배하는 밤이라야 확실히 악귀를 끝낼 수 있어!"

안드레아는 각오를 다지며 해가 지기만 기다렸다. 마침내 날이 저물자, 안드레아는 악귀가 운영하는 식당으로 향했다. 영업이 끝난 식당은 여느 때와 다름없이 불이 꺼져 있었다. 하지만 웬일인지 식당 문은 활짝 열린 채였다. 호흡을 가다듬은 안드레아는 거침없이 식당 안으로 뛰어 들어갔다.

"흐흐, 올 줄 알고 있었다. 숨을 헐떡이는 걸 보니 어지간히 급했나 보구나."

식당 주인은 나무 의자에 앉아 느긋하게 안드레아를 기다리고 있었다. 헌데 그의 모습이 아까와는 좀 달랐다. 외형은 그대로지만 한결 더 단단해진 느낌이 들었다. 악귀를 노려보던 안드레아는 품에서 무영검을 꺼내 들었다.

"후후, 조급하군."

순간 악귀는 앉은 자리에서 바로 공중으로 날아올라 안드레아의 무영검을 낚아챘다. 그리고 후욱 무영검에 입김을 불어 넣은 후 창 쪽으로 던져 버렸다. 악귀의 붉은 기운이 잔뜩 묻은 무영검은 창을 깨고 밖으로 날아갔다.

"허억, 이거 뭐야?"

예상보다 빠른 악귀의 움직임에 안드레아는 당황했다. 주호는 창밖으로 날아간 무영검을 찾으러 식당 밖으로 달려갔다.

"넌 어차피 내 상대가 안 돼. 나는 이 땅에서 천년 넘게 살아왔다. 고려, 조선, 그리고 대한민국의 시작을 모두 보았지. 나에 비하면 너는 한낱 인간에 불과해. 백 년을 살까 말까 한 인간."

악귀의 말에 안드레아의 등줄기로 주르륵 땀이 흘러내렸다. 주호가 무영검을 찾아올 때까지 안드레아는 맨몸으로 악귀를 상대해야 했다. 다행히 그에게는 신묘한 기운을 발하는 요요가 남아 있었다. 안드레아가 악귀를 뚫어지게 응시하며 요요로 손을 뻗는데 악귀가 성큼성큼 안드레아 쪽으로 걸어왔다.

"마지막으로 도망갈 기회를 주겠다. 내가 얼마나 위대한 존재인지 알았으니 섣불리 덤빌 생각은 안 하는 게 좋을 것이다. 나도 굳이 널 상대하느라 시간을 허비하고 싶지 않다. 동남시에는 손쉽게 구할 수 있는 싱싱한 먹잇감이 널렸으니까."

"그렇게는 안 되지!"

안드레아가 단호하게 외쳤다.

"후훗, 말로 해서는 안 될 녀석이군!"

악귀는 쇳덩이 같은 손바닥을 뻗어 안드레아의 뺨을 후려쳤다. 안드레아는 그 충격으로 식당 문밖까지 나가떨어졌다.

'흐윽, 악귀의 심장을 노려야 해. 기회는 단 한 번뿐이야.'

흙바닥에서 일어난 안드레아는 품에서 요요를 꺼내 다시 기회를 엿보았다. 악귀는 식당 문을 나와 서서히 안드레아를 향해 다가왔다.

'하나, 둘…'

안드레아는 악귀의 심장에 요요를 던질 순간만을 기다렸다.

"지금이다!"

악귀가 안드레아와 세 걸음 정도 거리에 들어왔을 때 안드레아는 힘껏 요요를 던졌다.

-쉬리리릭

요요는 특유의 회전음을 내며 빙글빙글 돌아 악귀의 가슴팍으로 날아갔다. 요요가 닿기 직전 악귀가 살짝 몸을 틀었지만 거의 심장 부근에 꽂혔다.

"크어억!"

명중은 아니었지만, 악귀는 충격을 받은 듯 바닥에 쓰러졌다.

'아, 정확히 한가운데 맞혔으면 숙주와 악귀 모두 일격에 끝났을 텐데.'

안드레아가 바짝 긴장한 채 악귀에게 다가서자, 악귀는 숙주의 몸을 버리고 연기가 되어 식당 안으로 사라졌다.

"이런!"

따라 들어가려던 안드레아는 멈칫하고 멈춰 섰다.

'무영검도 없이 무턱대고 들어 갔다 내가 당할 수도 있어.'

무모하게 움직이면 안드레아 역시 악귀의 숙주가 될 수도 있는 상황이었다.

'이걸 어쩐다?'

그때 주호가 식당 뒤쪽에서 무영검을 들고 뛰어오는 게 보였다. 악귀의 입김에 씐 무영검은 아직까지도 붉은 기운이 남아 있었다.

"이런, 악귀의 기운을 털어내야 무영검이 제힘을 발휘할 수 있겠어. 주호야, 내가 무영검을 정화할 동안 너는 식당 안을 살펴. 절대 안에 들어가지 말고, 혹시라도 악귀의 소리나 기척이 들리면 바로 나한테 알리고, 알겠지?"

안드레아의 지시를 받은 주호는 식당의 깨진 창문 쪽으로 조심조심 걸어갔다. 안드레아는 손에 든 무영검을 찬찬히 살폈다.

"그리 오래 걸리진 않겠어!"

안드레아는 무사가 검무를 추듯 덩실덩실 무영검을 휘두르며 악귀의 기운을 털어내는 정화의식을 시작했다.

한편, 창 바깥쪽에서 식당 안을 들여다보던 주호는 안에서 들려오는 이상한 소리에 귀를 쫑긋했다.

"영원한 생명을 얻고 싶은 자여, 내게로 오라. 죽음의 공포 없이 영원토록 젊음을 유지할 수 있게 해주겠다. 네가 원하는 모든 것을 누릴 수 있으니. 자, 어서 내게로 오너라."

악귀의 속삭임에 주호는 절레절레 고개를 내저었다. 하지만 이미 머릿속을 파고든 악귀의 속삭임은 쉽게 떨쳐지지 않았다.

'원하는 건 뭐든지? 그럼 영원히 부자로 살 수 있다고?'

주호의 속생각을 읽기라도 한 듯 다시 악귀가 말했다.

"그럼, 네가 원하는 건 무엇이든 될 수 있지. 기업가, 정치인, 그런 것쯤은 식은 죽 먹기야. 너에겐 무한한 시간이 생기니 하고 싶은 모든 걸 이룰 수 있고 갖고 싶은 모든 걸 손에 넣을 수 있어."

악귀는 어느새 창문 가까이 다가와 창 바깥쪽의 주호에게 속삭이고 있었다. 주호는 소리가 나면 바로 알리라는 안드레아의 말은 까맣게 잊고 점점 악귀에게 빠져들었다. 그러다 갑자기 번뜩 정신이 돌아온 주호가 주춤 물러서는 순간,

"나와 손잡으면 넌 최고의 남자가 될 수 있다. 누구보다도 멋진 남자 말이야!"

그 말을 듣자, 주호의 머리가 무의식적으로 스윽 창 안쪽으로 기울었다. 악귀는 그 틈을 놓치지 않고 주호의 몸 안으로 쑤욱 들어갔다.

"크어억!"

잠시 비틀대던 주호의 눈이 뻘겋게 변하더니 완전히 악귀에게 먹혀버렸다.

"좋아. 나쁘지 않은 숙주야. 이제부터 넌 나와 같이 영원한 부귀영화를 누릴 것이다."

주호의 모습을 한 악귀는 당당한 걸음으로 안드레아가 있는 쪽으로 다가갔다. 악귀가 주호에게 들어갔을 줄 상상도 못한 안드레아는 정화 의식을 마무리하며 주호에게 물었다.

"악귀의 움직임은?"

"방금 악귀가 산 정상 쪽으로 올라갔어요."

안드레아는 주호의 목소리가 평소와 다르다는 걸 감지했다.

"그래? 근데 주호야, 어디 아프니?"

"아니요, 그럴 리가요."

주호가 입을 헤벌쭉 벌리며 웃어 보이자, 그의 고르지 못한 치열이 그대로 드러났다. 안드레아는 피식 웃으며 주호와 함께 산을 오르기 시작했다.

•

정상에 오르니 하늘에 뜬 별이 손에 잡힐 듯 가까이 느껴졌다.

하지만 악귀의 모습은 보이지 않았다. 안드레아는 아무 말도 없이 새까만 하늘을 바라봤다.

"분명히 여기로 간 것 같았는데."

악귀의 숙주가 된 주호는 어리둥절한 표정을 지으며 머리를 긁적였다.

"숙주를 잃은 악귀가 그냥 하늘로 올라갔나?"

안드레아는 절벽 쪽으로 다가가 다시 먼 하늘을 올려다보았다. 그 순간 기다렸다는 듯 악귀가 안드레아의 등을 향해 빠르게 달려들었다. 하지만 그대로 당할 안드레아가 아니었다.

"후훗, 내가 몰랐을 줄 알고?"

미리 대비하고 있던 안드레아는 무영검을 쭉 뻗어 정확히 악귀의 심장을 노렸다. 안드레아가 방심한 줄 알고 달려들었던 악귀는 이번에는 정확히 심장을 찔리고 말았다. 안드레아는 앞으로 쓰러지는 악귀를 뒤로 확 밀어젖힌 후 주문을 외웠다.

"무렴승천 귀토원귀!"

안드레아의 주문은 온 산을 메아리쳐 흔들었고 악귀는 한 줌 재가 되어 하늘로 날아갔다. 안드레아는 악귀가 빠져나간 후 정신을 못 차리는 주호를 부축해 산을 내려왔다. 하산하는 중에 잠깐 들른 식당 앞에는 설렁탕집 주인의 뼈가 가루만 남은 채 흩날리고 있었다.

"뼛가루만 남은 걸 보면 적어도 몇백 년은 악귀의 지배를 받았던 모양이군."

안드레아는 고개를 내저으며 주호를 부축해 산에서 내려왔다.

●

집으로 돌아온 주호는 3일 밤낮을 앓아누웠다가 가까스로 정신을 차리고 일어났다. 그 사이 의뢰인이 찾아와 감사의 말을 전하고 돌아갔다. 그녀의 말로는 악귀의 소멸을 지켜본 이필립의 영혼이 편히 하늘로 올라갔다고 했다.

한편, 퇴마를 마친 안드레아가 소파에 앉아 한가롭게 슈만의 피아노곡을 듣고 있는데 주호가 그의 앞에 와 턱 무릎을 꿇었다.

"스승님, 죄송해요. 제가 절대 하지 말아야 할 실수를…. 흐으윽…."

이제 막 몸을 추스른 주호는 뚝뚝 눈물을 흘렸다.

"흥, 너의 영생을 방해했으니, 실수는 내가 한 거겠지. 주호 네가 그렇게 영생을 바라는 줄은 몰랐다."

"아니에요. 스승님. 전 그냥 잠깐 솔깃했던 건데 악귀가 그 틈을 파고들어서…."

주호의 말에 안드레아의 목소리가 높아졌다.

"주호 이 녀석, 아직도 정신을 못 차렸구나. 내가 소리가 들리면 바로 알리라고 했지 않았냐? 악귀의 속삭임에 넘어가서야 어찌 퇴마사를 하겠다는 거냐?"

"그게 아니라…. 악귀가 최고의 남자로 만들어준다고 해서 그만…. 제가 무조건 잘못했어요. 제발 절 내치지만 마세요. 뭐든 다 할게요, 스승님."

안드레아는 고개를 숙이고 있는 주호 몰래 쿡 웃음을 터뜨리고는 진지한 목소리로 말했다.

"좋다. 그럼, 지금부터 네가 한 행동에 대해 응당한 벌을 내리겠다. 이제까지 우리가 반반씩 분담했던 집안일을 앞으로 99일 동안 너 혼자 해라. 식사, 청소, 빨래는 물론이고 모든 집안일을 네가 다 책임지는 거다. 그래도 여기 남아있겠냐?"

"허억, 혼자 하기에는 집이 너무 큰데요? 스승님은 옷을 너무 자주 갈아입으셔서 빨래도 너무 많이 나오고…."

"싫으면 떠나라."

안드레아가 단호히 말하자 주호는 마지못해 고개를 끄덕였다. 안드레아는 웃음이 나오려는 걸 간신히 참으며 말했다.

"앞으로 지켜보겠다. 네가 집안일을 도맡는다고 약속했으니 난 그동안 못 읽었던 책이나 실컷 읽고 영화나 봐야겠구나. 참, 그리고 아침 점심 저녁 모두 견과류와 샐러드 챙기는 거 잊지 말고, 하루에 한 끼는 생선과 고기 요리를 번갈아 준비하고 점심은 되도록 밀가루가 아닌 면 요리로…."

안드레아의 지시는 끝이 없었고 실수를 저질러 할 말이 없어진 주호는 그저 고개만 끄덕였다. 물론 안드레아는 이런 벌로 주호의 덤벙거리는 성격이 쉽게 변하지 않을 것이라는 걸 잘 알고 있었다.

'후훗, 나도 고약한 면이 있는 사람이었구나.'

안드레아는 자신에 대한 새로운 발견에 절레절레 머리를 흔들었다.

●

그날 저녁, 식사를 준비하던 주호가 갑자기 안드레아에게 물었다.

"그런데 스승님, 그날 산 정상에서 저에게 악귀가 씐 줄 어떻게 아시고 미리 준비하셨어요?"

"후후, 그건 어렵지 않았다. 주호 넌 평소에 치열 콤플렉스가 있어서 웃을 때 입을 크게 안 벌리잖아? 근데 악귀는 입이 찢어져라, 활짝 벌리고 웃지, 뭐냐. 그 순간 바로 알아봤지. 네가 아니라는 걸."

"아, 그러셨군요!"

주호는 고개를 끄덕이며 안드레아를 존경의 눈빛으로 바라보았다.

"그렇게 쳐다봐도 벌을 감해 주진 않을 거다. 알고 있지?"

"네, 스승님."

주호는 다시 풀 죽은 목소리가 되었고 안드레아는 맛있게 식사를 시작했다.

"역시 주호가 살림을 하니까 좋구나. 음식도 아주 맛있고, 하하."

안드레아는 일부러 과장되게 말하며 그동안 참았던 웃음을 시원하게 쏟아냈다. 벌칙 첫째 날을 보낸 안드레아는 벌써 마음이 약해져 가여운 주호의 벌을 언제쯤 풀어줄지 고민을 하고 있다.

죽어야
나갈 수 있는 집 /

버려진 땅에 우뚝 솟아 있는 폐건물이 석양에 물들어 음산한 기운을 자아내고 있다. 5층 높이의 폐건물은 한때 많은 관광객을 불러들인 호텔이었는데 지역 경제가 무너지면서 함께 생을 마감했다. 그럼에도 현재까지 그 폐호텔을 찾는 사람들이 있었다. 붉은 석양이 일렁이는 저녁 무렵 음울한 분위기를 풍기는 건물 입구를 지나 호텔 내부로 들어가는 사람들, 그들은 바로 흉가를 찾아다니는 동호회 사람들이었다. 이 폐호텔에서 심상치 않은 일들이 벌어진다는 소문을 듣고 일부러 찾아오는 것이다.

"들어가 볼까?"

선배로 보이는 남자가 겁먹은 얼굴의 여자를 이끌고 천천히 낡은 건물로 들어섰다. 하지만 한껏 용기를 내 들어간 그들은 먼저 그곳을 찾은 다른 이들과 마찬가지로 며칠이 지나도록 밖으로 나오지 못했다. 물론 자의가 아니라 알 수 없는 뭔가에 의해 그 속에 갇혀버린 것이다.

●

일요일을 맞아 거실 소파에 앉아 느긋하게 올드 무비를 감상하던 안드레아의 평화를 그의 퇴마 조수 주호가 단번에 깨뜨렸다. 2층 자신의 방에 있던 주호는 거의 굴러떨어질 듯 소란스럽게 계단을 내려와 빠르게 말을 늘어놓았다.

"스승님, 큰일 났어요. 지금 바로 출동해야 할 것 같아요!"

"출동? 어디 불이라도 났나? 불이 났으면 소방관이 출동하겠지, 네가 왜 호들갑이야?"

안드레아가 딴청을 부리자 더욱 조급해진 주호는 숨도 쉬지 않고 소리쳤다.

"아니, 그게 아니고요. 윤정이가 흉가에 갇혔다고요!"

주호는 애가 닳아 미칠 지경인 듯 동동 발까지 굴렀다.

"윤정이?"

안드레아로서는 처음 들어보는 이름이었다.

"아, 윤정인 제가 좋아하는 동호회 후배예요."

"주호 너 동호회도 다니니? 생각보다 부지런하네?"

안드레아가 계속 심드렁하게 반응하자 주호가 빽 소리를 질렀다.

"스승님, 지금 이러고 있을 때가 아니에요. 빨리 거기로 가야 해요! 우리 윤정이가 다 죽게 생겼다고요!"

"녀석, 목청도 좋네. 그래서, 거기가 어딘데?"

느긋했던 안드레아의 목소리가 조금 진지하게 바뀌었다.

"양서군에 있는 버려진 호텔인데요, 거기가 귀신 나오는 곳으로 무척 유명한 곳이에요."

"음, 나도 들어본 것 같긴 하다. 근데 윤정이란 친구가 거기서 죽게 생겼다고?"

"네, 그 폐호텔에 들어간 사람은 죽어서야 밖으로 나온다는 말이 있거든요. 그냥 떠도는 소문인 줄 알았는데 제가 활동하는 흉가 동호회 사람 둘이 거기에 간 모양이에요. 그중 하나가 윤정이고요. 지난 금요일에 갔는데 아직까지 연락 두절이에요. 아무래도 거기서 악귀나 요괴 같은 것에 잡혀 있는 게 분명해요."

"흐음."

안드레아는 주호가 말하는 곳이 어디인지 대충 짐작이 갔다.

'양서군의 폐호텔이라면 금성호텔을 말하는 것 같은데, 그곳에서 가끔 사람들이 사라진다는 소문이 있더니, 사실인가?'

"스승님, 그러고만 계시지 말고, 얼른 윤정이를 구하러 가요. 윤정이는 장차 제 와이프 될 사람이라구요."

"후훗, 이 녀석 또 혼자서 꿈꾸고 있구나. 내가 그 윤정이란 친구를 만나면 꼭 물어볼 거다. 너한테 관심이 있는지."

말은 장난스럽게 하면서도 안드레아는 서둘러 가죽 코트를 걸치고 무영검과 요요를 챙겨 들고 양서군으로 출발했다.

●

"아, 저기 보이는 저 호텔이구나!"

늦은 오후, 금성호텔 앞에 도착한 안드레아는 자신의 고급 승용차에서 내려 버려진 호텔 전경을 천천히 훑었다.

'이건 보통 건물이 아닌 것 같군. 안에서 뿜어져 나오는 기운이 대단히 강렬하고 사악해. 정신 똑바로 차리지 않으면 당할 수도 있겠어.'

안드레아는 오랜만에 심장을 조여오는 긴장감을 느끼며 결의를 다졌다. 오는 내내 심각한 표정이던 주호는 막상 폐호텔에 도착하자 마냥 신이 난 얼굴이었다.

"윤정이는 제가 구할 거예요. 그럼, 윤정이가 절 세상에서 가장 멋진 남자라고 생각하겠죠?"

"정신 차려, 이제부터 딴생각은 금물이야. 여긴 무서운 곳이라고!"

안드레아가 눈을 부릅뜨고 주호에게 주의를 주었다.

"네, 스승님. 스승님이 의뢰비도 안 받고 절 위해 달려와 주셨는데 제가 정신 바짝 차려야죠."

주호는 주먹을 불끈 쥐며 대답을 하고는 마음이 급한지 안드레아보다 먼저 건물 안으로 들어섰다.

"와아, 대낮인데도 엄청 깜깜한데요?"

주호는 가져간 플래시로 바닥과 벽, 천장을 비추며 성큼성큼 호텔 로비로 들어섰다.

"스승님, 여기에는 아무것도 없는데요?"

주호는 호텔 로비를 대충 둘러본 후 겁도 없이 혼자 회전 계단을 올라 2층으로 향했다.

"주호야, 너무 앞서가지 마!"

안드레아가 주의를 줬지만, 주호는 이미 2층으로 올라간 뒤였다.

"너무 조용한 게 이상한데?"

안드레아는 코트 안주머니에서 미리 챙겨 둔 적외선 안경을 꺼내 썼다.

"이거면 귀신이든 사람이든 더 잘 보이겠지."

안드레아는 한결 선명해진 시야로 천천히 로비를 훑기 시작했다.

●

한편, 2층으로 올라간 주호는 의욕을 불태우며 윤정을 찾기 시작했다.

"윤정아, 내가 아직 고백도 못 했는데 먼저 저승에 가버리면 안 돼. 내가 꼭 구해 줄 테니까 조금만 기다려."

주호는 단숨에 3층까지 올라갔다. 1, 2층과 달리 3층은 서늘한 기운이 확연히 느껴졌다.

"어, 이거 봐라. 여긴 분위기가 좀 다른데? 확실히 뭐가 있는 게 분명해."

주호는 조심조심 발을 내딛으며 복도를 따라 걸었다.

"어, 저게 뭐지?"

주호의 눈에 복도 끝에서 흔들흔들 좌우로 움직이는 실루엣이 보였다.

"어, 저 사람…. 윤정이랑 비슷한 것 같은데…."

주호는 눈을 부릅뜨고 어둠 속의 실루엣을 지켜보았다.

"주호 오빠."

'허억, 저 목소리는 윤정이 목소리잖아?'

주호는 너무 기쁜 나머지 이것저것 따질 틈도 없이 그녀에게 달려갔다.

"윤정아!"

하지만 달려가는 중에 뭔가 이상하다는 느낌이 들었다.

'어, 근데 며칠이나 여기에 갇혀 있던 애가 저렇게 멀쩡할 리가 없잖아?'

주호는 복도 중간에 멈춰 서서 유심히 윤정의 모습을 훑어보았다.

'뭐지? 동호회에 나왔을 때랑 거의 똑같이 깔끔한 모습이잖아? 설마 이 폐호텔에 멀쩡한 객실이 남아 있을 리도 없는데, 이게 어떻게 된 거지?'

바로 달려올 것만 같던 주호가 중간에 멈춰 서자 윤정이 다시 주호를 불렀다.

"주호 오빠, 왜 안 와? 나 윤정이야!"

그래도 주호가 다가갈 생각을 않자 급기야 윤정이 주호가 있는 쪽으로 서서히 다가오기 시작했다. 그런데 그녀의 모습이 좀 기괴했다. 걸음을 옮길 때마다 팔다리 관절이 툭툭 꺾이듯 움직이는 데다 머리는 심하게 좌우로 흔들고 입에서는 꺽꺽 소리가 났다.

"허억!"

놀란 주호는 기겁하며 뒤로 물러섰다.

"왜 그래, 주호 오빠? 오빠 나 좋아하잖아?"

목소리만 그대로인 윤정은 순간 움직임에 속도를 붙이기 시작했다. 관절을 뒤틀며 빠른 속도로 다가오는 그녀의 모습은 기괴함을 넘어 공포 그 자체였다.

'윤정이가 맞긴 하지만…. 뭔가 문제가 생긴 게 분명해.'

"스승님, 여기 3층이에요. 여기 윤정이가 있어요!"

주호가 회전 계단 난간 쪽을 향해 외치는 사이 순식간에 윤정이 다가와 점프하듯 주호에게 달려들었다.

"허억!"

주호는 발버둥을 치며 벗어나려 했지만 기괴하게 변해버린 윤정의 힘을 당해낼 수가 없었다.

"우리 여기서 같이 살자. 오빠도 바라던 바잖아."

윤정은 날카롭게 솟은 이로 덥석 주호의 목을 물어버렸다.

"으아아악!"

윤정에게 목이 물린 주호는 잠시 후 윤정처럼 팔다리가 꺾인 괴물, 사생체가 되고 말았다.

●

"어, 이건 주호 목소린데?"

로비 점검을 마치고 2층 객실을 확인하고 있던 안드레아는 3층에서 들리는 주호의 비명을 듣고 재빨리 계단을 뛰어올랐다.

"하아, 피비린내가 진동하는군. 설마 주호도 벌써 당한 건가?"

안드레아는 아무도 없는 3층 복도에 서서 주호의 흔적을 찾았다.

"주호가 날 부르는 소리가 들린 것 같은데? 게다가 비명소리와 핏자국까지, 역시 무슨 일이 있었던 게 분명해."

안드레아는 3층 복도와 객실을 꼼꼼히 확인하고 4층을 거쳐 5층까지 올라갔다. 하지만 사람도 악귀도 그의 눈에 띄지 않았다.

"왜지? 설마 나를 피하는 건가?"

안드레아가 다시 4층으로 내려가려고 돌아서는 순간 갑자기 5층 객실 안에서 사생체가 된 사람들이 툭툭 튀어나오기 시작했다.

"하, 이거 난감하네."

안드레아는 뒤로 물러서며 빠르게 사람들의 상태를 살폈다.

'이건 악귀가 아니라 요괴의 도술에 빠진 사생체들이야. 만약 저들에게 무영검을 사용하면 저 사람들의 영혼이 빠져나와 완전히 죽음에 이를 텐데.'

안드레아는 이곳에 온 사람들이 요괴의 덫에 걸려 영혼이 먹힌 것임을 알아챘다.

"그럼 어쩔 수 없지."

일단 후퇴를 결정한 안드레아는 회전 계단을 이용해 아래층으로 도망치기 시작했다. 그런데 어디서 튀어나왔는지 그의 뒤를 쫓는 사생체들의 숫자가 점점 많아졌다. 안드레아가 호텔 로비까지 내려왔을 때는 각 층에 숨어있던 사생체들이 전부 쏟아져 나와 그

수가 족히 서른은 되어 보였다.

"허엇!"

안드레아는 호텔 밖으로 나가려 했지만 문이 굳게 닫혀 있었다.

"사악한 요괴 같으니, 비겁하게 어디에 숨어 있느냐? 나와서 나와 겨뤄보자!"

안드레아가 무영검을 치켜들고 자극했지만, 아무런 반응이 없었다. 그동안 그와 사생체들 사이의 거리는 점점 좁아졌다.

"아니, 주호도 저기 있잖아?"

안드레아는 사생체들 틈바구니에서 입을 헤 벌린 채 질질 침을 흘리고 있는 주호를 발견했다.

"불쌍한 녀석, 그렇게 서둘더니 결국 사생체가 되어 버렸네."

하지만 지금 안드레아는 주호를 걱정할 입장이 아니었다.

"흐음, 이들을 죽일 수는 없고 그렇다면…."

안드레아는 무영검의 날이 아닌 무딘 등 쪽을 그들에게 겨누었다.

'무영검의 등으로 영혼을 흔들어 놓으면 잠시 기절은 해도 영혼이 완전히 빠져나가지는 않을 것이다!'

결심이 선 안드레아는 2층으로 오르는 회전 계단을 향해 돌진하며 무영검으로 사생체들을 기절시키기 시작했다.

"이야아앗!"

다소 움직임이 느린 사생체들이지만, 그 수가 서른이나 되다 보니 만만치 않았다. 게다가 그들을 기절시켜 봤자 10분 정도 후면 다시 깨어나니 이 난관을 해결할 방법은 요괴를 찾아 괴멸시키는 것뿐이었다.

"하아, 요괴는 안 보이고 사생체는 끝없이 달려들고."

안드레아가 회전 계단 2층에 다다랐을 때 사생체는 열다섯 정도가 남아 있었다. 그들 중에 주호도 끼어 있었다.

'그래, 좀 미안하긴 하지만 주호를 이용해 보자.'

안드레아는 다른 사생체들과 함께 자신에게 달려드는 주호를 2층으로 유인했다. 드디어 주호가 안드레아를 향해 달려든 순간 그는 몇몇 사생체들과 함께 주호를 기절시켰다.

"주호 넌, 같이 가줘야겠다."

안드레아는 기절한 주호를 질질 끌고 문이 열린 객실로 들어갔다. 안에서 객실 문을 잠근 뒤 안드레아는 만약을 대비해 객실 안 집기로 단단히 문을 막은 후 기절한 주호를 내려다봤다.

"주호가 잠깐이라도 제정신으로 돌아오면 요괴의 정체를 알아낼 수 있을 거야."

안드레아는 요요를 꺼내 들고 주호 앞에서 흔들기 시작했다.

"고수니바 수라파고!"

안드레아가 낮게 주문을 외우자, 주호가 눈을 번쩍 떴다.

"주호야, 지금 시간이 없으니까 묻는 말에만 대답해."

"네…."

주호는 자다 깬 사람처럼 풀린 눈으로 안드레아를 올려다보았다.

"너를 이렇게 만든 요괴는 어디 있어? 너희들의 대장 말이야!"

"저도 몰라요. 우리 대장님은 워낙 신출귀몰해서 직접 만나볼 수가 없어요. 그저 그분을 따르는 거지요."

안드레아는 기가 막혔다. 자신의 제자가 요괴를 대장님이라 부르며 따르니 그럴 만했다.

"그래, 좋아. 그런데 너희 사생체들은 왜 그 요괴를 따르지? 단지 무서워서?"

"아니요, 그분은 저희한테 젤리를 줘요."

"젤리?"

안드레아의 눈이 휘둥그레졌다.

"그게 뭔데?"

"그 젤리를 먹으면 꿈을 꾸는데 그 꿈이 너무 달콤해요. 세상에서 느낄 수 없는 기쁨을 주지요."

안드레아가 요괴에 대해 자세히 물으려고 했지만, 사생체들이 문을 뜯고 들이닥치는 바람에 주호의 대답을 더 들을 수 없었다. 안드레아는 한 손으로 주호의 목덜미를 쥐고 다른 한 손으로 무영검을 휘두르며 밀려오는 사생체들을 제압했다.

"허어, 허억!"

안드레아의 헐떡이는 숨소리가 공간을 메아리치고 그의 몸에서 땀이 비 오듯 쏟아졌다.

"어서 요괴를 멸해야 하는데."

힘겹게 그들을 뚫고 나온 안드레아는 다시 1층 로비로 내려왔다. 하지만 아까 기절시켜 놓은 사생체들이 어느새 깨어나 안드레아에게 달려들었다. 안드레아는 그들과 맞서 싸우며 생각했다.

'분명 요괴가 어디선가 지켜보고 있을 거야. 늘 어둠 속에 있고 피를 좋아하는 존재가.'

순간 안드레아의 머릿속을 스치는 것이 있었다.

'어둠 속에 있고 피를 좋아하는 존재라면, 혹시 박쥐 요괴?'

그와 동시에 안드레아는 눈을 들어 천장을 올려다보았다.

"헉!"

커다란 날개를 펼친 박쥐 요괴가 천장에 찰싹 들러붙어 안드레아를 내려다보고 있었다.

"흐어억!"

녀석은 그저 가만히 내려다보기만 할 뿐 전혀 움직이지 않았다.

'어차피 움직일 필요가 없겠지. 나도 인간이니까 시간이 지날수록 체력이 바닥이 날 거고 그렇게 되면 사생체들이 나를 물어버릴 테니까. 그렇다면 방법은 내가 먼저 저 괴물을 공격하는 수밖에 없어. 하지만 그러기엔 로비 천장이 너무 높단 말이지.'

안드레아는 어떻게 해서든 요괴의 화를 돋우어 자신을 먼저 공격하게 만들어야 승산이 있다고 판단했다.

'무영검을 녀석에게 던져서 자극해 볼까? 그런데 만약 요괴의 손에 무영검이 넘어가면 나도 주호 꼴이 되고 말아.'

안드레아가 밀려오는 사생체들을 어느 정도 정리했을 때 옆에 늘어져 있던 주호가 조금 정신을 되찾았다.

"그래, 주호는 내가 영혼을 반쯤 깨워 놓았으니 내 지시를 따르겠지."

"주호야, 천장을 기어 올라가서 저 박쥐 요괴를 끌어 내려!"

"네…"

주호는 여전히 졸린 듯 풀린 목소리로 대답하고 벽을 기어오르기 시작했다. 평소의 주호였다면 불가능한 일이지만 지금은 사생체가 되어 어렵지 않게 벽을 탈 수 있었다. 거의 천장 가까이 간 주호는 겁도 없이 박쥐 요괴에게 접근했다.

"크어억!"

화가 난 박쥐 요괴는 주호를 향해 날개를 활짝 펴 떨어뜨리려 했다. 하지만 주호는 자신을 덮친 박쥐 요괴의 날개를 붙잡고 대롱대롱 매달렸다.

"그렇지, 주호야. 잘한다! 조금 있으면 해가 지니까 그 전에 박쥐 요괴를 끌어 내려야 해. 안 그러면 우리가 불리해져!"

주호가 끈덕지게 날개에 매달려 통통 몸을 흔들자, 박쥐 요괴가 주호를 떨궈내려 힘껏 날개를 펄럭였다. 순간 박쥐 요괴의 몸이 휘청하더니 주호를 허공으로 튕겨냄과 동시에 박쥐 요괴도 로비 바닥으로 떨어지고 말았다.

"크어억!"

허공으로 날아간 주호는 벽에 몸이 부딪힌 후 바닥에 널브러졌다.

"웬만하면 안 움직이려 했는데, 감히 퇴마사 녀석이 내 휴식을 방해하다니!"

슬슬 저녁이 되자 기운이 솟는 듯 박쥐 요괴는 무시무시한 날개를 좌악 펼치며 안드레아에게 다가왔다.

"드디어 나타났구나, 이 요괴야!"

안드레아의 외침과 동시에 요괴가 거대한 날개를 펄럭이기 시작했다.

"쿠어엉!"

그 날갯짓이 얼마나 강한지 안드레아는 그만 뒤로 날아가 벽에 부딪히고 말았다.

'허억, 충격이 엄청나네.'

안드레아는 가까스로 몸을 일으켜 두 손으로 무영검을 움켜쥐었다.

"무고한 인간들을 착취한 너의 죄를 내가 묻겠다!"

안드레아는 무영검을 머리 위로 들어 올려 박쥐 요괴에게 돌진했다.

"어림없다!"

박쥐 요괴는 다시 날개를 퍼덕였다. 하지만 이미 그것을 간파한 안드레아는 순간 몸을 낮추며 슬라이딩하듯 박쥐 요괴의 다리 쪽으로 미끄러져 들어갔다.

"이야아앗!"

안드레아의 무영검이 거침없이 박쥐 요괴의 두 다리를 잘라버렸다.

"크어억!"

다리가 잘린 박쥐 요괴는 다시 허공으로 날아올라 커다란 주둥이를 쭈욱 앞으로 내밀었다. 그러자 요괴의 주둥이가 마치 창처럼 뾰족해졌다. 박쥐 요괴는 안드레아를 향해 빠른 속도로 날아들었고 안드레아는 그 공격을 살짝 피하면서 박쥐 요괴의 한쪽 날개를 무영검으로 강하게 내리쳤다.

"커어억!"

안드레아의 검이 보기 좋게 박쥐 요괴의 날개 한쪽을 절단시켰다.

"이제 항복하시지!"

균형을 잃은 박쥐 요괴가 구석에서 거친 숨을 몰아쉬자, 안드레아가 천천히 다가갔다. 하지만 그대로 물러설 박쥐 요괴가 아니었다. 이번엔 박쥐 요괴가 쩌억 입을 벌려 안드레아를 향해 냉기 가득한 바람을 불기 시작했다.

"허억!"

순간 안드레아는 온몸이 얼어붙는 것 같았다.

"크으윽!"

그대로 있다가는 몇 분 안에 온몸이 얼어 버리고 말 것이다. 그때 널브러져 있던 주호가 질질 바닥을 기어 다가오더니 안드레아의 몸을 감싸주었다.

"어, 주호가…. 나를 보호하려고?"

주호의 몸이 박쥐 요괴의 바람을 막자, 안드레아의 체온은 다시 올라갔다. 대신 주호의 몸에는 얼음꽃이 피어올랐다.

"기회가 많지 않아. 단 한 번의 공격으로 요괴를 제압해야 해!"

어느 정도 체력을 회복한 안드레아는 심호흡한 후 이미 얼어붙은 주호를 방패 삼아 박쥐 요괴에게 달려갔다. 주호가 바람을 막아준 덕에 박쥐 요괴의 코앞까지 다가간 안드레아는 마지막 순간 주호를 옆으로 밀쳐내고 훌쩍 허공으로 날아올랐다.

"무렴승천 귀토원귀!"

양손에 무영검을 쥔 그는 주문을 외우며 빠르게 박쥐 요괴의 목을 내리쳤다. 무영검의 신묘함에 박쥐 요괴의 머리통은 맥없이 잘려 나가 데구르르 바닥을 굴렀다. 분리된 머리통과 몸통은 곧 검은 연기가 되어 사라져 버렸다.

안드레아는 사생체가 되었던 사람들의 영혼을 일일이 깨워 집으로 돌려보냈다. 얼음처럼 굳은 주호는 응급차를 불러 병원으로 보내야 했다. 사람들을 모두 처리한 후 뒤늦게 병원을 찾은 안드레아는 병실에 누워 있는 주호의 모습을 보자 울컥 감정이 올라왔다.

"이번에 주호가 너무 많은 희생을 해줬어."

안드레아는 눈을 감고 누워 있는 주호의 손을 꼬옥 잡았다. 그런데 잠든 줄 알았던 주호가 갑자기 번쩍 눈을 뜨더니 입을 열었다.

"그러면 저 퇴마술 하나 가르쳐 주세요."

"어, 주호야. 너 괜찮은 거야?"

"네, 몸이 얼었던 건 요괴가 소멸해서 그런지 금방 풀렸어요. 바닥에 떨어지면서 다리뼈에 금이 가서 당분간 깁스를 해야 하구요."

안드레아는 미처 보지 못했던 주호의 다리를 쳐다봤다.

"저런, 칠칠치 못한 스승 때문에 네가 다치고 말았구나."

안드레아의 말에 주호는 씨익 미소를 지었다.

"말로만 그러지 마시고 꼭 주술 가르쳐 주세요. 그리고 저 다리 나을 때까지 집안일은 전부 스승님이 하시고요."

"뭐? 집안일을 내가?"

"설마 다친 제자한테 일을 시킬 생각은 아니시죠?"

"아, 그럼. 당연히 내가 해야지. 주술도 가르쳐주고, 하하."

안드레아와 주호는 서로를 마주 보며 환하게 웃었다.

"아무튼 다 잘 풀려서 다행이에요. 좀 전에 윤정이한테 연락이 왔는데 고맙다고 내일 병실로 찾아온대요."

주호는 마냥 들뜬 얼굴이었다.

"그래, 주호야. 행운을 빈다. 이번에는 꼭 여자친구가 생기길."

"당연하죠. 이번엔 정말 확실해요."

웃는 주호를 뒤로 하고 안드레아는 병실을 빠져나왔다. 어느새 하늘에는 가느다란 초승달이 떠 있었다.

"주호 녀석, 과연 이번에는 여자친구를 사귈 수 있을까?"

그는 헛웃음을 지으며 하늘을 올려다보았다.

"휴우, 하늘이 저렇게 아름다운데 인간을 괴롭히는 악귀와 요괴들의 아우성은 그칠 날이 없구나."

안드레아는 트렌치코트 깃을 슬쩍 들어 올리며 악귀가 들끓는 어둠 속으로 바삐 걸음을 옮겼다.

퇴마사 안드레아의 본편을
곧 만날 수 있습니다.

작가의 말

유튜브 <소리나는 책방>의 인기 작품인 『반인반귀 귀협』이 책으로 나오게 되어 무척이나 기쁘다.
반인반귀 귀협은 부조리하고 정의가 사라진 시대에 영웅이 있다면 어떤 모습일까?
라는 개인적인 의문에서 탄생하였다.

반은 인간(人間), 반은 귀(鬼)로 태어난 귀협은 자신의 무한한 생명을 유한한 생명으로 바꾸려는 과정속에서 세상과 부딪히고 싸우면서 정의를 이루고 인간의 삶을 배워 나긴디. 한편, 그와 험난한 여정을 함께하는 지란 낭자는 세상의 불의를 직접 보고 느끼며 악에 맞서는 용기에 대해 깨달아 간다.

귀협과 지란 낭자는 검을 주무기로 삼는데 오래전 검도에 열중했던 내 모습이 어느 정도 투영된 것도 같다.

 끝으로 귀협과 지란의 기묘한 모험을 세상에 나오게 해 준 (주)도서출판 이음 원상호 님에게 감사의 말씀을 전한다. 언제나 나의 첫번째 독자를 자처하는 정은숙 님에게도 깊은 감사의 말씀을 드린다.

반인반귀 **귀협의 탄생**
©배선웅, 2025

초판 1쇄   2025년 6월 10일

지은이 | 배선웅
펴낸이 | 서연남
펴낸곳 | ㈜도서출판 이음
편집주간 | 원상호
편집 | 권경륜
디자인 | 정아진 김다슬

출판등록 | 제419-2017-00013호
주소 | 26404 강원특별자치도 원주시 흥업면 한라대길 28, 한라대학교 창업보육센터 203호
전화 | 033-761-3223
팩스 | 033-766-8750
전자우편 | iumbook@naver.com
인스타그램 | @iumbook

ISBN 979-11-988637-6-8

- 이 책의 판권은 지은이와 ㈜도서출판 이음에 있습니다. 이 책 내용의 일부 또는 전부를 재사용하려면 반드시 양측의 서면 동의를 받아야 합니다.
- 값은 뒤표지에 있습니다.
- 잘못된 책은 본사나 구입처에서 바꿔드립니다.